The Destiny of a Prophet

我所不存在的未來

楓雨 著

「每件事情到最後都會有好結果，如果沒有，那就代表還沒到最後。」

——《金盞花大酒店》

#【各界名家推薦】

《我所不存在的未來》將史詩神話中宏觀的思維，與古老宗教中智慧通達能與神交流，並預知未來的賢者，巧妙地置入二十一世紀網際網路、社群平台，與電子媒體發達的現代社會中！原本平庸的預言師，宛若被啟靈的先知亞伯拉罕或摩西；不信神的媒體人，也令人想起在瘧疾中失去摯兒的拉美西斯二世，掙扎於無神的矛盾與痛苦中。

但是，預言師如神蹟般企圖導正現今社會亂象，降低犯罪率與自殺率的美意，是否真能帶給世人真正的和平？還是淪為一場神性、人格與變數間的爾虞我詐？楓雨以大量的生活化對白極為流暢地推動著劇情，透過角色之間時而針鋒相對、時而集思廣益的精彩對話，傳神地帶領我們進入他腦中那些天馬行空、邏輯玄妙的世界觀！

——提子墨（台灣、英國與加拿大犯罪作家協會ＰＡ會員）

「神」或許是楓雨故事中最常提及的詞彙，比起我們所知悉的任何一位神祇，他想闡述的更像是一種概念，一種透過人群的世俗妄念所塑造的人工神性。

過去在《沒有神的國度》裡他將這份神性賦予凡人，這次《我所不存在的未來》則是讓人擁有主動引發奇蹟的機會。

一方是以人類之姿現身於凡世的神，一方則雖為人類卻被應允持有神性，看似相仿的命題，但是當聖者的外衣被褪下、信仰的本質被披露，無論奇蹟是否真實存在，能執導未來的注定還是血肉鑄成的凡人身軀。

每次讀楓雨的作品就像是在這個人人摀起耳朵的世界放聲吶喊，當越來越多人願意放下雙手，屆時就會發現透過故事行使預言的人，不僅僅是其筆下的「預言師」而已。

——八千子（作家，近作《幸福森林》、《回憶暫存事務所》）

楓雨的小說有一種十分獨特的口吻，無論是隨著情節推演，人物間的嘻笑怒罵，或再正經不過地梳理事件脈絡，總會帶著介於「疏離」和「參與」間的曖昧與游移；在前作《沒有神的國度》中，就已發現楓雨不全然只想刻劃出所謂的社會百態或現實，更引人揣想的是，對於某個「世代」的一份子而言，他們如何觀看這個已無力、無從改變的世界與環境，如何輕易地穿梭在冷淡與熱血之間，那種迷離卻又堅定的步伐與姿態。

或者說，楓雨的小說往往給與讀者一種既陌生又親近的錯覺——似乎是一種架空世界的想像，卻又與現實有著若有似無的一些連結與證據。許多論者認為楓雨藉由社會事件的轉化，寫實地記錄了台灣在社會環境面向的變化，但也許，他透過小說創作在做的事，並不真的想要凸顯什麼獨特的社會性與價值，而是更加深入且細緻地攫取與他年紀相仿的世代族群，他們的語彙、文化與意圖——他們在想什麼、他們在做什麼，以及更重要的，他們想要怎麼樣的生活？

《我所不存在的未來》在似乎已然定型化的「預言師」敘事系統中，開啟了有關「信仰」的辯證，但是，究竟有沒有神，終究不是楓雨的重點，如同超能力犯罪的可能及其應用，早已是文字乃至於影視傳播的接受主流之一；神的現身與否與奇蹟的發生，在楓雨的小說中看似都是一種終局的救贖，但小說中一句輕描淡寫的對話「只是一種直覺，就看你能做什麼吧！」或許就更明白地傳達了，那些各種形狀、天馬行空的未來，至少在今時今日地此刻，沒有神、沒有奇蹟，只有當下。

——洪敍銘（台灣犯罪作家聯會成員、犯罪推理文學研究者）

楓雨的作品，一貫帶有強烈的省思性。遇到困境我們祈禱神蹟，而本書終於迎來神的獻聲，故事是否就會走向大眾所期待的結局？仰賴他者的人，終將得為此付出代價，而身為他人所仰望的對象（相對地，亦是能操控他者的人），又是否會遭到反噬？

本書有許多留給老讀者的彩蛋，新讀者也能毫無障礙地進入故事情境。裡面各方勢力都是自我意識很強的人：宗教首腦、黑幫老大，就連媒體人主角，也是自以為不會把私心帶入工作，其實還是會公報私仇的人，而另一位主角「預言師」呢？掌控與拯救往往只是一線之隔，沒有人可以為別人的人生負責，但自己可以為自己的未來負責。

推薦本書給所有對未來、對自己人生迷惘的人；喜歡犯罪推理小說的人要看，喜歡思考及研究人心的人更要看。奇蹟只在一瞬間，人與書（和作者）的緣份也是；翻開這本書的當下，或許就是你閱讀經歷中的新起點。

——戲雪（台灣犯罪作家聯會成員、台灣推理推廣部副版主）

生於這混沌痛苦的世上，或許每個人都在等待神蹟降臨。

更準確地說，等待希望成真的那一天。

而為了見證這樣的神蹟，為了挑戰所謂的神威，為了成為神話的一部分，人們將會不惜一切代價，就是以罪孽和混亂的手段，也要逼神現身。

可人性之所以有趣，正是在於經由謊言與罪惡交織而成看似令人絕望的命運，在細細密密的蛛網之間，卻仍隱隱粹上了信仰與善良綻出代表希望的微光。

那麼，問題或許不在於人，而在於若你就是那個全知全能的神，面對渴望奇蹟以致不擇手段的群眾，你是會選擇相信人性之惡而降下洪水以顯神威、還是選擇信仰人性之善而被釘上十字架？

——林家榆（作家，近作《恆星的安魂曲》）

目次

序曲
我在結束時降臨

你正被三條藍鯨壓著。

聽起來雖然荒唐，卻也不是玩笑。不過如果要為這樣的情境加個形容詞，浮現在你腦海中的就是那個詞，可笑。

一進門就被三個男人撲倒，驚愕之餘卻也立刻明白了事件的起因。

你開始後悔，不應該在情緒低落時加入網路上的神祕團體。一開始的確是想著自殺，想著既然都是自殺，一群人熱熱鬧鬧地也無所謂吧！於是你加入了，接著就是一連串的任務，他們說要測試你的膽量。

首先是在手臂上留下一道傷痕，你猶豫了。但又隨即覺得可笑，連這點痛楚都無法忍受，真的做好放棄生命的覺悟了嗎？然後，你拿起美工刀，咬著牙，刀尖在觸上皮膚的瞬間停住了，全身像流過一陣電流，讓你寒毛直豎。你為自己的懦弱感到羞愧，於是再度拿起美工刀，但你忘不了刀尖的觸感，刀面在檯燈下反射出一個亮點，就好像真的通了電，最後你放下刀，癱軟在椅子上。

你什麼也做不好。

忘了是哪些人說過的，或許是每個人。你腦子裡迴盪著這句話，感覺到失敗，澈底的失敗。最後，你拿起水性筆開始作業，就像其他事一樣，你選擇了逃避，而且逃得狼狽。在用掉半管墨水後，你交出了只有重度近視才會認可的完成品。

那張拙劣的相片讓你得到這輩子從未有過的肯定，因此就算你開始為自殺的念頭感到懷疑，還是選擇繼續遊戲。緊接而來的是更多的考驗，你必須在半夜起床，你必須看恐怖片，你必須做極限運動，你必須傷害自己……

最後，此時你低下頭看著自己的手臂，因為你被要求在手臂上割出一尾藍鯨。當然你一如往常的只用紅筆做了偽裝，但是這次被識破了，畢竟這是高階任務，會吸引許多成員關注，而且諷刺的是，就算是自殺者也是會互相嫉妒的。

於是組織的領導命令你在三天之內自殺，並且開影片進行直播，否則他們會找到你，透過非常手段，讓你執行最後的任務。結果很明顯，你並沒有這麼做。因此他們來了，而你想要逃。

當初加入組織時，你輸入了真實資料，因為沒什麼好害怕，也沒什麼能夠失去，他們要那些資料做什麼？你一無所有。嘗試自殺者總有一段時間處在這樣的狀態，雖然還沒離去，卻彷彿已經跟這個世界解脫了，因此在那個組織裡，許多成員輕易完成了那些危險任務，因為對他們而言，一切都無所謂了。但是你不一樣，你是帶著疑問加入的，所以一個任務也沒有真的去完成。或許你還希望他們找到你，告訴你那都是假的，他們想要你活下去，但是，今天顯然不是如此。

帶著藍鯨疤痕的粗壯手臂橫過你面前，手裡握著繩索，你試圖反抗，但全身被紮實地摁住，嘴也被厚實的手掌封緊，繩索繞過脖子後方與牆之間的空隙，接著在前方打結、拉緊，在意識逐漸模糊的時候，逐漸從希望、奢望轉成絕望。

如果這世界上有神，請祢現在現身……

在將要跌入無底深淵時，這世界像回應了你的呼喚，傳來了急促的敲門聲響。

第一章
神在人間

「預知夢，比較科學的解釋，是『既視感』。但是賴文雄先生的狀況，可以發現不完全是『既視感』在作祟，而且經過無數次的事件，也幾乎可以證實預言能力是存在的，所以這已經不是醫學問題，而是物理問題。」

——中部大學附設醫院神經內科　謝啟聰醫師

那實在是一個有點詭異的地方。

這條山路沒有其他人車，只有一輛廂型車行駛著。道路兩旁夾著與人齊高的雜草，更過去是深不見底的森林，儘管現在是大白天，那樹蔭底下還是暗得讓人看不清，裡頭不時傳來奇怪的聲響，總感覺有什麼在裡面蠢蠢欲動。

儘管太陽高掛，這情景卻比夜晚更加讓人毛骨悚然。

路邊並立的路燈已經年久失修，上面印著明顯的鏽斑。其中一盞路燈下方掛著一面牌子，寫著「沐雅森林飯店尚餘一公里」。除此之外，就沒有其他文明的跡象，這條路上沒有其他招牌，也沒有其他文字，更沒有一棟房子。

銀灰色的廂型車就在這條路上行駛著，整條路上都能聽見引擎聲的回音，廂型車的車身打印著「崁崁而談」四個大字。

在山路的盡頭，遠處漸漸可以見到一棟建築正緩緩接近，那是一棟氣派雄偉的歐式建築，無論是大門或是窗戶都垂直拉長，呈現一股高聳入雲的氣勢，彷彿裡面住著的不是一般人類，而是遠古時代的泰坦。在正中央的大門上方，有兩塊白大理石的浮雕，正是「沐」「雅」兩個字，建築兩側還有兩個如山洞般的入口，儘管看來就像博物館的展覽隧道，不過依位置和功能性看來，應該是地下停車場的出入通道。

然而銀灰色廂型車並沒有駛入洞口，而是在建築前方的空地隨興停下。

率先下車的是一名身穿西裝的男性，雖然他衣服穿得體面，卻蓄著一臉落腮鬍，還留了一頭及肩的中長髮，呈現一種現代藝術式的違和感，可是他此刻的表情卻沒有與外表象符的灑脫，反而顯得有些戰戰兢兢。他先是神經質地環顧四周，再從西裝內側口袋拔出一只威士忌酒瓶，旋開瓶蓋後，在地上灑了一圈酒，然後把剩下的酒朝天一敬，接著就咕嚕地把瓶中的酒全灌到肚子裡，打了個飽嗝後，他抖了抖身子，把酒瓶扔進駕駛座。

西裝男的脖子上掛著一面識別證，上面寫著：「金采娛樂製作人許立威。」

「長那麼大的人，拜拜還挺講究的。」駕駛座的後座走下了一名女性，毫不避諱地就把高跟鞋踩在方才灑酒的地方。臉上戴著角度銳利的黑框眼鏡，有些不以為然地望著駕駛座上的酒瓶，推著眼鏡冷哼了一聲。

「我不是在拜拜，只是山上有點冷。」許立威誇張地搓搓臂膀，儘管眼神不服氣，可是也不敢太過造次，沒有擺出挑釁的表情，而是彷彿真的很冷的樣子：「林崁，說真的，妳也應該來一點酒。」

「你就編吧！許立威，反正我們都心知肚明。」那名被喚作林崁的女子，另一隻高跟鞋又往那圈酒陣踩了過去，然後徑直往建築的大門走去。

「崁姊！」林崁還沒走遠，副駕駛的後座就衝下了一名女孩，那女孩子其實長得挺好看，妝容和衣服也算收拾得挺乾淨，但是不知怎麼就是有些畏畏縮縮，長髮遮住了半邊側臉，略駝著背，雙手提著一只公事包，快步奔到林崁後頭。

「小圓，慢點，小心別摔倒了。」許立威邊喊邊把車門甩上，然後拿出遙控器把車門鎖上後，才跟著走上前去。

「你說這裡荒廢多久了？」林崁蹲在建築的階梯前，邊打量邊喃喃自語。

「超過二十年了吧！」許立威在她身後回答。

「都二十年了，這階梯怎麼能這麼乾淨？」林崁側著臉，一階一階地端詳著每道階梯的梯面，雖然這個地方顯得荒涼，整座建築看起來也顯得毫無生氣，不過這座階梯實在乾淨得過分，就像不久前剛打掃過一樣。

小圓拿出了手機，慎重地把鏡頭貼著階面照了張相。

「山裡溼氣重，整天風吹雨淋，就像是在天天洗地一樣。」許立威聳聳肩：「不然，還能有什麼解釋？難道妳要相信那個鬼故事，說這裡其實住著一群孤魂野鬼，還天天打掃？」

「我不相信神，也不相信鬼。」林崁堅定地回應，接著直起了身子，一階一階地拾級而上，過程中還不時檢查著地面，並呢喃著：「不過這當中一定有什麼問題，我也算是看過不少廢墟了，從來沒見過這個樣子的……」

「這裡真的有點詭異，我們還是回去吧！」許立威雙手交抱著身子，和他那粗獷的臉龐兩相對照，有種獨特的滑稽感，像一隻受驚的大貓，而且正瑟縮著。

「為什麼？就因為網路上的那些留言？」林崁仰頭望著高聳的門楣，和上面的「沐」「雅」

兩個大字：「你做節目這麼久了，也應該要知道，越聳動的消息傳播越廣，但是傳播越廣的消息，常常不是真實的情況。」

小圓沿著林崁仰望的視線，又用手機拍了一張相片。

「我知道，但是妳也看到我們自己人拍的影片了。」許立威像是想起什麼，打了個哆嗦：「那是內部的影片，總沒有必要造假了吧？而且一起工作這麼多年了，看看那些人，像是會造假的人嗎？」

「人會因為各種事情說謊，不要小看人性。」林崁又走到門前研究著那兩扇大門，那門大約有三公尺高：「就算不是蓄意說謊，他們事前上網蒐集了那麼多資料，也很容易會受到主觀影響。」

「我們還要進去嗎？這裡真的怪陰森的。」許立威雖然跟著走到門前，可是還是顯得相當猶豫，不願意再往前更進一步。

「都到這裡了，就不要說這種話了。」林崁說著，雙手用力推開了左右兩扇大門。陽光一下子灑進了門內，視野也一下開闊了起來，陽光穿過高聳的大門往前延伸，綿延了十多公尺，但是仍舊沒有觸及到建築的最深處。

門內鋪著暗紅色的地毯，雖然因為歲月而顯得黯淡，但是整體來說還算齊整。而且也沒有積上太厚的灰塵，林崁蹲坐下來，如同剛才打量階梯那般琢磨著這塊地毯，並用手指在上面輕抹幾下，在嘴前吹出一縷輕細的粉塵。

「還是太乾淨嗎？」許立威猜出了林崁的心思。

「對，這有點不對勁。」林崁說著站起身，望著陽光照出的這方區域：「這總不能用日曬雨淋來解釋了吧？」

「如果要我說的話，就是太多人來這裡探險，所以才會讓這裡積不上一點灰塵。」許立威雖然這麼回答，但是說完又聳聳肩：「當然，這前提是排除掉鬼神存在的可能性。」

「我不相信神，也不相信鬼。」林崁又重複了這句話。

「好，那我們這條節目要怎麼做？」許立威有些賭氣地說。

「我傾向不做。」林崁也乾脆地回答。

「妳知道自己在說什麼嗎？」許立威顯得不可置信。

「奇怪了，你很愛問這個問題，而我每次的回答都一樣。」林崁表情戲弄地挖苦道：「是的，我知道。」

「妳知道這是最近最紅的題目吧？」許立威面色不改地又追問一句。

「是的，我知道。」林崁諷刺地重複了那句話，接著意味深長地望著許立威問：「那你知道這座飯店是怎麼來的嗎？」

「什麼？」許立威大概是無法理解，為什麼林崁要在這種時候談歷史。

「就讓我告訴你吧！」林崁在陽光照耀的區塊裡踱方步：「這片山坡本來就不適合蓋飯店，是因為官商勾結才核發的證照，後來因為政黨輪替被撤照，現在倒好了，編個鬼怪的故事，又想要賺觀光財了。」

「所以妳的意思是，這一切都是建商的陰謀？」許立威還是顯得難以苟同。

「如果要陰謀論的話，這是最合理的解釋。」林崁聳聳肩：「不過事情可能更簡單一點，人們對廢墟總是會有各種想像。這座飯店擺在這裡二十多年，如果不產生一點故事，反倒會讓人覺得奇怪。」

「妳就是不信邪，是吧？」許立威替林崁總結道。

「我不相信神，也不相信鬼。」林崁像在說著經典台詞般重複著這句話，接著往陽光之外的陰影一站，因為眼睛逐漸適應的關係，漸漸能看清那些躲藏在暗影中的東西，他們見到兩側各有一座往下的螺旋梯。

「小圓，妳有帶手電筒吧！」許立威頭也不回地把手探向後方，原本預計會有一支手電筒遞到手中，然而後方卻沒有任何動靜，許立威於是轉過頭，發現小圓一動也不動地站在他背後：「小圓？」

「怎麼了？」林崁也跟著轉過頭。

那並不像平時的小圓，至少，和剛下車時的小圓有著很大區別。此刻的她站得直挺，臉上也沒了原本怯懦的表情，她望著林崁和許立威，就像望著兩個陌生人，雙手緊握著公事包的提把，許久都不說話。

「小圓？」原本鎮定自若的林崁，情緒頓時也起了一點波瀾。

「妳沒事吧？」許立威緩緩向她走近，肢體維持在防備的姿態。

「離開這裡。」小圓用一種陌生的聲音說著，不過仔細想想，陌生的或許不是聲音。因為那的確是小圓的聲音沒錯，如果去檢測聲紋，應該不會有任何不同。讓人感到陌生的，應該是說話的語調，以及背後的情緒。

「妳怎麼了？」林崁歪斜著頭，設法透過不同的角度去理解現在的狀況。

「離開這裡。」小圓沒有回答，只是堅定地重複同樣的話。

「發生什麼事了嗎？」許立威繼續向小圓走近，並轉頭望向小圓雙眼直視的方向。不過那裡除了一片黑暗，就沒有什麼了。而且看小圓的眼神，也不像是在凝視著什麼，不過許立威還是開口問：「妳看見什麼了？」

「離開這裡，」小圓沒有回答許立威，也沒有移開視線，停滯了好一會兒後才又說：「我不想傷害妳。」

後一句話是對著林崁說的，林崁望著她，顯得不可置信，小圓從來沒有用過那樣的語氣跟她說話，也不曾顯露出像那樣的表情。眼前的小圓彷彿換了一個人，是林崁所不熟悉的模樣。

然而儘管是這樣的情況，林崁也沒有退縮。她很快從口袋中掏出手機，開啟手電筒的模式，雖然燈光弱了點，不過已經足夠照亮很大一塊地方，林崁伸長手臂四處照了照，一樓是廣闊的大廳，看來沒有任何威脅性。

「看吧！這沒有什麼好怕的。」林崁難得用溫柔的語氣對小圓說。

「林崁，我想她應該不是那個意思。」許立威搖搖頭，往後退了幾步，一直退到林崁身邊。壓低身子湊到林崁耳邊，悄聲說：「或者，現在正在跟我們說話的，已經不是我們熟悉的小圓了。」

「你知道我不相信……」林崁又想說那段經典名言，可是這次被硬生打斷。

「我知道，妳不相信神，也不相信鬼。」許立威替她說了下去，壓抑的氛圍讓他變得歇斯底里，終於不再忍讓：「可是妳沒看那段影片嗎？老張進來這裡之後，也像是被附身一樣亂說胡話。」

「他只是壓力太大，」面對許立威的不安，林崁的回應顯得格外冰冷，她把頭往小圓的方向擺了擺：「而且，小圓現在不是好多了嗎？」

「我看起來可沒有。」許立威看向小圓，又在視線交會的瞬間別過臉。客觀來說，小圓雖然暫時靜下來了，但是那仍然不是他們所熟悉的小圓。最明顯的一點，就是以前當許立威和小圓眼神接觸時，通常先避開的應該是小圓。

「總之，我們先四處看看吧！」林崁也不是完全沒察覺到，但是她很快調轉手機光源的方向，踏入了陽光所不能觸及的黑暗之中。

林崁的手機光源很快地往各個方向掃去，因為大廳實在太廣闊，再加上光線沒法觸及太遠的距離，很長一段時間都只能看到綿延不盡的紅地毯，連一個簡單的擺設都沒看到。掃過一圈之後，林崁才終於見到一點點不一樣的地景。

那是一座往下延伸的螺旋樓梯。

「鬼故事，大部分都是從地下室開始的吧！」就像獵人發現獵物一般，林崁的臉上浮現欣喜的微笑。在這種氛圍之下，那笑容顯得分外詭異，甚至比小圓方才的表現都還要嚇人。

「我們還是拿個手電筒吧！這樣比較安全一點……」許立威轉過頭，想再向小圓要手電筒。可是他背後一個人都沒有，除了門口灑進的陽光，剩下的就是一片漆黑：「小圓？」

「小圓又怎麼……」林崁有些不耐煩地轉過頭，可是在察覺到異常的瞬間，表情又轉為嚴肅：「她去哪了？」

「不知道。」許立威乾脆地回答。

「會不會是跑出去了？」林崁望著有些刺眼的大門說。

「都這麼多年了，她有哪次自己跑掉？」許立威苦笑著反問。

「可是她也沒有突然消失過。」林崁喃喃著說。

「我出去看看。」許立威大步走向門口，彷彿是種解脫，不過一站到門外，他又洩氣似地垮了肩膀，轉過身對林崁搖搖頭：「不在外面。」

「可能在車上，你去看看吧！」林崁說著便要轉身繼續走向剛才的螺旋梯。

「不可能，我把車子上鎖了。」許立威又搖搖頭，看林崁要繼續深入，忍不住緊張起來：「妳要幹嘛？」

「繼續調查啊！」林崁理所當然地回答：「我可沒那麼膽小。」

「小圓都這樣了，妳怎麼還有心思繼續？」許立威不可置信地問。

「就是因為這樣，所以才要速戰速決。」林崁頭也不回地說：「小圓八成是蹲在車子旁邊哭，所以你才沒看見。你先去幫她開車門，你們倆就待在車上等我，我很快就回去。」

「我怎麼可能放妳……」許立威話還沒說完，他就察覺到黑暗中有動靜。

林崁也意識到了不對勁，和許立威一起望向騷動的方向。

但是就在林崁要把光線照向那裡時，一道黑影衝了出來。

「小心！」

許立威大吼，甚至躍起身子要撲上前去，可是已經來不及了。

就在話音落下的那刻，林崁的眼前只剩下一片黑暗。

在黑暗前的最後一瞥，她看見了小圓那張猙獰的臉。

「林崁，沒事吧？」

比起先前一望無際的黑，現在映入林崁眼裡的，是刺眼的白。她原以為是被誰用白布遮住了雙眼，所以揮手想去揭，沒想到揮了幾下便被握住。

「怎麼了？哪裡痛嗎？」

這聲音感覺相當熟悉，不過林崁還未能對聲音有所反應。現在充斥在她腦子的，是無法消解的大量疑惑，但是隨著時間的逝去，眼前的畫面也逐漸清晰了起來。又過了一段時間，她才意識到自己正在醫院裡。

而現在正握住她的手的人，是許立威。

「你幹嘛?!」林崁立刻把手抽回，就像碰到髒東西一樣。

「妳醒了？」許立威雖然表情有些受傷，不過還是隱藏不住心中的喜悅，逗弄地說：「別擔心，我沒幫妳做人工呼吸。」

「你敢的話，就死定了。」林崁咬著牙說，一方面是覺得嫌惡，另一方面，因為嘴巴動多了，開始發現喉嚨有點乾渴。於是，她費勁地撐起身子，目光在床邊的矮櫃上逡巡，才找到了自己的保溫杯，立刻拿起來灌了一大口水。

「慢慢喝吧！小心別嗆到了。」許立威關心道。

「舒服多了。」林炭放下保溫杯，長長地舒了一口氣。但是正因為心情放鬆了，後腦杓的疼痛漸漸變得明顯，她小心翼翼把手探到頸後，碰觸讓刺痛感越發明顯，而且可以摸到明顯的突起：「這怎麼回事？」

「小圓，妳自己說吧！」許立威轉過頭，林炭這才發現，小圓也在這裡。

「炭姊，對不起。」小圓劈頭就是深深一鞠躬。

「我說過，不要老說對不起。」林炭無奈地嘆了口氣，豎起背後的枕頭靠在床頭，身體往後倚在枕頭上：「妳還記得在山上發生了什麼事嗎？」

「我……我只記得和炭姊一起走進門。」小圓低著頭回應。

「我想也是。」林炭看著手上的點滴留置針，顯得有些迷惘，可是又很快搖了搖頭：「在我們進門之後，好像就沒聽見妳說話，後來想想，如果真的出了什麼事，大概就是從那個時候開始。」

「妳不是剛醒嗎？什麼時候想了那麼多？」許立威摸了摸自己的落腮鬍，又撥了一下那頭及肩的中長髮，這是他疑惑時特有的動作。

「我腦子轉很快的，不像有些人。」林炭冷冷地彎起嘴角，眼睛瞟向許立威，可是很快又望向小圓關心道：「那妳自己呢？妳有受傷嗎？雖然不知道當時的情況，可是以許立威那笨手笨腳的性子，應該傷到妳了吧！」

「什麼笨手笨腳？」許立威不服氣地說：「我那時候是要救妳耶！」

「沒事，我很好。」小圓有些慌張地打圓場。

「老實說沒關係，我到時候幫妳索賠。」林崁繼續火上加油：「律師費我出，不用擔心成本，我們把這傢伙告死。」

「妳不要在那邊慫恿人。」許立威慌張地揮手制止，不過這場鬧劇沒有繼續下去，許立威拉了一旁的陪病椅坐下。林崁明白他是要來談正事，所以也沒繼續胡鬧，靜靜地等著許立威開口：「所以，沐雅森林飯店這條線要做嗎？」

「我的態度還是一樣，不做。」林崁毫不猶豫地回答：「我還是會把田野調查做完，不過避免浪費時間，我建議你們先開始想下一個企劃。」

「其實我也大概猜到這樣的結果了，可是，我還是得面對收視率。」許立威緩緩吐了口氣，從地上的公事包拿出一份文件：「這本來是要回程時讓妳看的，可是沒想到妳會住到醫院裡，那就現在看一看吧！」

「這是什麼？」林崁把文件接了過來，那份文件是以釘書針釘起的一疊A４紙，文件最上面的一頁，是節目企劃常見的格式，只不過在企劃名稱上，寫了一個看來就很胡鬧的標題：預言師。

林崁搖搖頭，把文件推了回去：「我記得我們沒拍連續劇吧！」

「不是連續劇，是節目企劃。」許立威又把文件交還到林崁手中：「我知道妳都沒有在關注這類的新聞，所以幫妳整理好了，妳看了就知道了。」

「我怎麼沒關注新聞？只要不是內容農場的垃圾八卦，我幾乎都會關注。」林崁雖然還是顯得不以為然，不過終究還是接下了那份文件，翻過企劃封面後，內文的第一頁主要是一起案件的資料，標題寫著「大學城特區火警」。

「火災跟預言師有什麼關係？」林崁又忍不住抬起頭問。

「妳先看完再問問題。」許立威難得也顯得有些不耐，然後轉身拿起床邊矮櫃上那副稜角銳利的黑框眼鏡，遞給了林崁：「戴上眼鏡仔細看看內容吧！不要每次都只看標題。」

「我就是討厭這種企劃書，每次都不把重點寫清楚。」林崁雖然抱怨著，不過還是接過眼鏡戴上，然後仔細地一行行讀過紙上的內容。

從事傳媒的工作，自然都會培養出速讀的技能。也或許可以這麼說，正是那些掌握閱讀技巧的，才能更好地勝任這份工作。因此，儘管林崁逐行讀著企劃書的內容，速度卻像掃描般飛快，不到十分鐘，她就讀完了整本企劃書的全文。

大學城特區舊公寓的那場火警，完全沒有造成人員傷亡，本來應該是一起毫不起眼的案件。不過每個故事裡，總會有一個細心的警察，從平凡中發現不可思議。而這個警察，就是大學城分局偵查隊長施國榮。

一個點，誘發一個點，漸漸互相連成線，最後成了一個面，再構成現在我們所看到的世界。林崁從來不相信心理學或是社會理論，因為那時不時就會失準，對她而言，不過是一個點推動一個點，最後造成了結果而已。

那場火警之所以無人傷亡，是因為起火點所在樓層的住戶剛好全數外出，這件事情本身就夠詭異了。更詭異的一點，既然當時沒有人在現場，那又是誰發現火警？鑑識結果顯示火災原因是電線走火，起火的變電箱設在樓層中心的走廊上。樓梯防火門當時緊閉著，也沒有電梯，煙霧不會瀰漫到其他樓層。當外面的人覺察到火災要報警時，火勢應該已經蔓延開了。然而住戶的損害都不嚴重，消防隊也表示當時只看到竄出一點煙。

不對勁，非常不對勁。

於是他調了監視器，公寓的監視器設在樓梯間。沒錯，從預估的起火時間，到消防隊接獲報案的這段時間裡，並沒有人打開過那扇防火門，也就沒有人能夠察覺現場已經煙霧瀰漫。這一切，十分不對勁。

他懷疑是人為縱火，最可疑的，就是那個報案人。於是，他向救災指揮中心調閱當時的報案錄音，那是一個男性的嗓音，而且聽來異常的冷靜，這更加深他的懷疑。接著他又查了通話來源，那是市內的一座公用電話。在實地走訪後，發現那裡沒有一台監視器。線索在這裡斷頭，只能回到那捲錄音。在一次分局的會議裡，他以偵查隊長的身分播放錄音，並探詢下屬的意見。

一名新進員警怯怯舉起手，說：「聽起來像是手機人工語音軟體的聲音。」

林崁不確定那名員警是否真的怯怯地舉起手，畢竟她沒有親臨現場，一切都是那位偵查隊長的說法，但是歷史無疑會記錄他的說法，只要沒人反對的話。或許有人會說林崁對真相是悲觀的，但以她的話而言，真相只是個天殺的小混蛋。

然後呢？那位施隊長更確定那是犯罪了。於是開記者會公開自己的想法，誰也無法忽視老刑警那抹自得的微笑，他那時肯定沒想到，自己並不是在追查一個單純的縱火犯，而是無意間推動了整個時代的巨輪。

這場記者會意外得到了廣泛迴響，但絕對不是那名老刑警預先設想的方向。其他分局紛紛表示遇過類似的情況，大多是火災和工安意外，甚至還有些是犯罪，或許是陰暗的小巷，或隱蔽的汽車旅館。犯罪幾乎尚未發生，加害者總會對警方的到場感到驚訝。當他們憤怒地瞪向被害者時，卻只見到後者露出同樣疑惑的表情。出於好奇，被害人請求警方調出報案紀錄，通常那會來自某座公共電話亭，而且附近總剛好沒有監視器，最後不約而同地，也都是人工語音。

一開始，有些人懷疑是連續犯罪。但轉念一想，與其說是犯罪，犯人的行為反倒像是在阻止犯罪。因此，無論一開始抱持什麼立場，隨著時間推移，人們漸漸相信，那只有可能是神蹟。

而那一次火警，是神在人間所留下的第一個印記。

不是預言師，而是神，這是林崁更加討厭的字眼。寫出這份企劃書的人，如果不是狂熱的信徒，那就是擅長牽動人心的策劃老手。林崁摘下了眼鏡，嚥了嚥口水，順便吞下心中的不快，此刻，她正思考著其他問題。

「怎麼樣？」許立威看林崁摘下了眼鏡，便期待地探問。

「我想起來了，我不是沒看過這系列的報導。」林崁把眼鏡和文件都放到一旁的矮櫃上：「只是我一直都把它當作惡作劇，想說總有一天會被識破，沒想到這件事一直沒解決。如果我們能揭穿他的伎倆，或許會挺有趣的。」

「妳同意了？」許立威有些興奮地問。

「我最討厭這種怪力亂神的事情，不應該有更多人受騙了。」林崁用指節敲了敲櫃子上的文件：「大學城火警這件事，應該有不少破綻，我很驚訝警方竟然會查不出來。」

「就是因為連警方都查不出來，才會覺得更像神……更難以解釋。」許立威小心避開林崁討厭的字眼，接著繼續說：「不然妳自己剛剛也翻過案件內容了，應該也看到，他們該懷疑的都懷疑了。」

「最值得懷疑的，是一場單純的老舊公寓火警，有什麼值得讓一名老刑警大費周章？」林崁用拳頭揉了揉太陽穴，皺著眉頭思索著：「後來調查的結果也顯示，這是單純的電線走火，沒有人為縱火的可能。那麼，他到底在查什麼？」

「妳還不明白嗎？監視器沒看到有人經過那層樓，那座公寓也沒也煙霧警報器，起火點也沒有飄出明顯的濃煙。儘管這樣，還是有人報警了，這不會很可疑嗎？」許立威戲劇化地重述案件的情形，雙手不時誇張地揮動著：「以專業術語來說，從起火到消防隊抵達的這段期間，起火樓層是呈現密室狀態！我們所面對的，是真實世界的密室犯罪啊！」

「這不是專業術語，是你從推理小說上看到的吧！」林崁潑了冷水：「我要問的不是後來的事情，而是最一開始，老舊公寓電線走火並不少見，作為一名分局偵查隊長，一天要經手多少案件，為什麼非要在這案子上糾結這麼久？」

「因為是密室啊！警察多少都有一點推理魂吧！」許立威理所當然地回答。

「可是那並不是一個很明顯的密室，仔細想想，很多事情是經不起推敲的。」林崁又用指節敲了敲矮櫃上的文件：「首先，樓層的住戶全數外出，這需要多麼詳細的調查才能得出這個結論。這不可能光靠監視器就看出來，一定得一戶一戶確認實際的人口，再去比對當天有多少人離開。如果一開始認定是個電線走火的意外，根本就不需要查到這麼仔細。」

「所以，妳在懷疑施國榮炒作？」許立威從多年的經驗中嗅出林崁的暗示。

「我只能說，他的行為不合理，也有可能他只是被利用了。」林崁雙手交抱在胸前，陷入沉思：「不過從後來的結果看來，的確有這麼一個人，在幾次犯罪發生前，就先掌握了犯罪發生的時機，並且匿名報警。」

「可是那些案子都被警方翻遍，沒有什麼可疑的地方啊！」許立威質疑道。

「那我們反過來，假設預言師真的存在好了，第一起案件也很不合理。」林崁很快地想出反駁的論述：「面對那麼小的起火點，與其大費周章去報警，為什麼不自己去撲滅就好了呢？」

「或許他當時人在很遠的地方。」許立威回答。

「可是他是預言師耶！沒有趕不到現場的問題吧？」林崁不以為然地皺眉：「總之，如果仔細查的話，會發現更多這種不合情理的問題。」

「所以，我們的主軸就以揭發預言師為主嗎？」許立威從襯衫胸前的口袋裡掏出一支鋼筆，拿起矮櫃上的文件振筆疾書：「可是動機呢？預言師或許是假造的，但是這麼做有什麼好處？」

「你都沒有好好看企劃書嗎？你的下屬已經暗示得很明顯了。」林崁彈了一下許立威手上的企劃書：「現在還沒有刻意炒作，大家就已經覺得那是神蹟了。如果哪天預言師真的出面，更露骨地去宣傳，那不是就跟多人相信他是神？」

「宗教斂財嗎？這的確是很好操作的方向。」許立威露出見獵心喜的微笑：「而且我們等於是預防犯罪，因為現在還沒有出現斂財的行為，甚至連預言師到底是誰都不……」

就在這時候，許立威的口袋響起貝多芬的〈歡樂頌〉，他稍微尷尬地牽動一下嘴角，然後把口袋裡的手機掏出來，看了一眼螢幕後說：「我在開會，有急事嗎？」

雖然一開始的語氣不算友善，但是似乎是電話那頭的人繼續說了下去。而說話的內容也勾起了許立威的興趣，所以他沒有繼續皺眉，反而專心地繼續聽著對方說話，接著他拿起矮櫃上的遙控器，打開了電視機。

「有快訊嗎？」林崁疑惑地問：「我們又不做新聞。」

不過在轉過幾家新聞台之後，林崁漸漸理解許立威的反應，因為所有的新聞台不約而同在報導同一件事：預言師被警方逮捕了，而且那個虛無飄渺的存在，現在也有了一個名字。一個再平凡不過的名字，賴文雄。

在新聞畫面上，一輛警車在人群中困難地向前駛進，好不容易停下後，一名男子被兩名刑警帶下車，男子並沒有像一般犯人一樣戴上頭套，卻被上了手銬。林崁不禁聯想到史奈德導演的《鋼鐵英雄》，電影中的超人也是這樣被上了手銬。

如果他想要，隨時都可以掙脫手銬。

可是林崁隨即搖搖頭，因為這樣的想法代表她相信了預言師的神蹟。

這時，一群記者擁上前去，鎂光燈刺眼得讓三人難以睜開眼睛。兩名刑警略顯煩躁地從人群中撥出一條路，因為眾多記者推擠，畫面是從稍高處往下俯視拍攝的。男子留著一頭企業主最喜歡的乖順髮型，鬍鬚已經仔細地刮了乾淨，雖然看來十分整潔，卻又隱約透出一點狼狽，那神情看來不像掌握了一切命運，反倒像背負著沉重宿命。

或許是心理作用吧！

在人群中，記者此起彼落地喊著事先準備好的提問：「請問你就是匿名報案者嗎？」「為什麼要做這種事情？」「為什麼能在案發前就報警？」沒有人等待賴文雄的回答，甚至，總感覺沒有人期待他會回答。

「你有預料到自己會被逮捕嗎？」忽然一個問題凌駕了一切的喧囂。

賴文雄停下來了。刑警發現賴文雄不動了，也愣地停住，人群也頓時鴉雀無聲，不再有人問問題，麥克風全指向了一個點，賴文雄此刻就是世界的中心。

畫面努力對向賴文雄的臉，但似乎是因為推擠而顯得歪歪斜斜。此刻大家都在等，鎂光燈也稍停了會兒，不過他好一段時間就是低著頭，就在人群要再次騷動時，他抬起了頭，鎂光燈此刻又閃了一下，賴文雄因為畏光又眨了下眼。

「其實，」賴文雄終於開口：「我是一名預言師。」

不可能。

這是林崁心裡浮現的第一個聲音。而在螢幕的另一頭，就像聲音忽然又被人開啟，記者群忽然又哄鬧了起來。然而，警方這次沒有再多做停留，反倒更強勢地撥開人群，將賴文雄帶到警局裡，很快便消失在畫面之中。

「真是說曹操，曹操到。」許立威用遙控器關閉了電視螢幕，然後轉頭望向窗外，那恍惚的眼神就像在期待著什麼：「就在我們討論的時候忽然現身，妳說，這是不是也是他算好的？」

「反正我對這種裝神弄鬼的事都沒有好感。」林崁說著忽然話鋒一轉：「你還記得『藍鯨』嗎？」

「喔，妳弟……」許立威猶豫著要不要說下去。

藍鯨，是網路上發起的「藍鯨挑戰」的簡稱。透過誘騙的方式讓青少年加入這個社群遊戲，遊戲過程中逐步引導參加者殘害自己的身心，最後一步是讓參加者自殺。遊戲以藍鯨作為標誌，取材自藍鯨自殺擱淺的現象。

而正是這個遊戲，差點毀了林崁的一生。

也是因為如此，讓林崁不再相信神。

「至於那種透過操作人心讓人自殺的，根本連人渣都不如。」林崁忿忿地咬著牙說：「有些人未必真的想要得到什麼，有時候他們只要造成世界的混亂，就心滿意足了。」

「妳是說，他的目的已經達到了？」許立威望著已經全黑的電視螢幕說。

「我提起『藍鯨』，並不是拿他們做對照而已。」林崁搖搖頭：「還記得主導『藍鯨』事件的孫德普嗎？在他被逮捕之後，自殺率瞬間掉了好幾個百分點，可是就在最近幾年，自殺率又有緩慢上升的趨勢，你覺得是為什麼？」

「孫德普現在應該還被關在監獄裡面……」許立威稍微琢磨了一下，憑著和林崁多年培養出來的默契，許立威很快就明白了：「妳是說，預言師有可能正在做跟他同樣的事？」

「不能排除有這樣的可能性，不過還需要更多證據去證明。」林崁眼神堅定地回應：「在預言師匿名報案的幾個事件中，也不乏有自殺的案件，這麼看來，自殺率應該會下降才是，可是結果卻是攀升，這點就相當奇怪。」

「還是說，孫德普有追隨者？」許立威停頓了一下，忽然想起什麼似地說：「最近的確有一些自殺者留下藍鯨的圖像，有些是手機螢幕首頁，有些是刺青，有些是玩偶，可是都沒有追查到源頭，目前警方還是把這些案子視作巧合。」

「如果真的是有人蓄意犯罪的話，那麼這次的藍鯨，會比當年的孫德普更難應付。」林炭臉色一沉：「孫德普已經算是典型的高智商罪犯了，他的犯罪幾乎可說是天衣無縫，還記得他是怎麼被抓的嗎？」

「匿名舉發。」許立威回答：「警方發現的時候，孫德普正打開電腦，幾乎可以說是人贓俱獲……這麼說來，當時舉發他的人，有可能是他的同夥。或許，也是這次藍鯨的主導者？」

「在真相大白之前，所有合理的假設都有可能。」林炭指著毫無畫面的電視機說：「不過可以確定的是，那個人不可能是神，神只是人們希望的投射，就算神存在，也不應該是那個樣子。」

許立威沒法接上什麼話，談到這種事情，林炭都顯得特別激動，林炭也沒有期待任何人的回應，接著低下頭喃喃自語著：「如果神存在的話，世界就不應該是這個樣子，弟弟也不應該發生那種事。」

十五年前，林炭的弟弟林塹跳樓了，因為藍鯨。

其實這件事情早該有跡象了，在林塹自殺的前幾天，他的房間門口就掛起了藍鯨的吊飾。只是那吊飾看來人畜無害，甚至還有些可愛，所以直到林塹跳樓，警方介入調查，林炭一家才了解那條藍鯨所代表的意義。

組織這起活動的犯人，是一名二十歲的心理系學生，孫德普。

他在網上開設多個聊天群組，誘導數十名青少年自殺，聊天群組的名稱就稱為「藍鯨」，成員也以藍鯨做象徵，在社群網站中貼出藍鯨的圖片。除了灌輸生命無用的思想，成員也被要求完成許多任務，包括凌晨四點起床、每天看一部恐怖電影、做出自殘行為，其中一項就是在手臂刺出藍鯨的圖形，目的是讓成員陷入精神恍惚、易受暗示的狀態，藉此灌輸負面情緒。

最後一步，成員會被要求在網路直播下自殺。

林塹就這麼做了，他從公寓三樓的晒衣場跳了下去。雖然大難不死，不過不幸地摔成了植物人，這也成了林炭家的惡夢。植物人的照護費用是驚人的，再加上本身經濟就不算寬裕，很快就耗盡了全家的存款。在這段時間裡，父母也漸漸老去，只能指望林炭掙錢，林炭年紀輕輕就必須負擔一家的生計，她設想過許多條解脫的辦法，無論哪一條，都會成為社會一角的慘案。

就在她即將做出無法挽回的決定時，護理之家通知她們，林塹被人領走了。

一名自稱是林塹大哥的人，去護理之家帶走了林塹，可是林塹只有林炭這個姊姊，根本沒有什麼大哥，也沒有親戚承認帶走了林塹。雖然林塹的消失讓林炭家鬆了一口氣，不過隨著調查的深入，林炭漸漸發現這件事出奇地詭異。

沒有人有動機帶走林塹，可是這起案件又像一起精心策劃的局。指紋、監視器、交通工具……彷彿存在某種超自然的力量，巧妙抹去一切痕跡，讓它成了徹頭徹尾的懸案。或許只有神，才能夠與這背後的力量抗衡。

或是，神的使者。

預言師。

「其實，我是一名預言師……」

林岽看著先前那段新聞影片，賴文雄的話音剛落，林岽就按下了鍵盤上的「←」鍵：「其實，我是一名預……」

林岽又按了「←」。

「……其實……」

帶著點煩躁，林岽大力地用食指敲下空白鍵，將影片暫停。她把臉埋進雙手中，用手大力搓了搓臉，接著反射性地抬頭看了一下鏡子，剛才那一搓並沒有破壞妝容，不過林岽更在意的，是那不確定的神情。

「這世上根本不可能有預言師。」林岽小聲地對自己說，並不是顧慮旁邊的人是否會聽見，因為身為資深的談話性節目主持人，她擁有專屬的休息室，除非她邀請，沒有人敢踏進這裡半步。而她之所以會小聲，是因為自己也搞不清楚了。

賴文雄，一個平凡不過的名字，突如其來成了流行的代名詞。

透過媒體和群眾的力量，人們漸漸摸清了這個人的背景，他過去曾擔任國內最具影響力的志輝創投基金經理人。一名自稱志輝創投員工的匿名網友公開了賴文雄在職期間的基金操作明細，績效在同行間可說是鶴立雞群，交易時機的掌握精準度接近不可思議。幾位金融圈人士表示，賴文雄是業內的神話，但不知為何在七年前急流勇退，任憑各大集團重金挖腳也不為所動，從此在金融圈消失。

聽來就像典型的傳奇故事，不過這不代表賴文雄就是預言師。

林崁望了望螢幕上的資料，搖了搖頭。這不是她的風格，坐著空想解決不了任何事，就跟祈禱一樣。待會，她就要直面相片中的那個人，而且或許還能更早一點，因為距離節目錄製開始前，還有一些時間。

於是林崁站起身，拿起椅背上的西裝外套披上。她手扶著椅背想了想，接著從口袋掏出皮夾，從皮夾裡翻出一張百元紙鈔，塞進了西裝口袋裡，然後才推開休息室的門走出去。

林崁走在過於明亮的走道上，高跟鞋撞擊地面的聲響在空蕩的長廊迴盪。這雙鞋是師父送她的，那個當年帶她走進這個世界的女人，總勸她換雙鞋，不過換不換鞋也無所謂，畢竟那麼多年了，鞋底和鞋面都換過，早不是同雙鞋了。但師父總是替她著急，甚至想過直接再送一雙鞋，讓她有個理由能換下，不過林崁推辭了，畢竟第一次送鞋還能解釋成關愛，再送鞋怕就要走散了。

自己終究是個迷信的人。想到這裡，林崁禁不住苦笑。

走廊盡頭的那扇門後有些騷動，從門上的小窗可見到人影來來去去，那是導播在進行最後的準備。林崁沒理會他們，而是在旁邊的一扇門前停下。

在那扇門後待著的，應該就是賴文雄。

輕聲湊上前，房裡似乎沒有動靜，不過休息室的隔音都不錯，她曾經用筆電試過，必須開到一個稍大的音量，外頭才能聽見聲響。繼續待下去就太可疑了，於是她輕敲了下門，然後推門走入。

賴文雄就坐在房內的一張沙發上，沙發正對著門口，進門時正低頭看著幾張紙，大概是製作單位給的流程表，林崁一進門，他便緩緩抬起頭。休息室整體算明亮，不過用的是類似飯店的暖黃光，林崁一下也不確定賴文雄的表情。

「妳好。」賴文雄先開口。

「你好，還適應吧？」林崁制式地打招呼。

「還行吧！」賴文雄簡短回應。

「第一次上節目嗎？」林崁像公式般跳出另外一個問題。

「對，希望一切順利。」賴文雄露出淺淺的微笑，那笑容沒有任何玄機，也沒有任何奇蹟。坐在那裡和林崁對話的，不是神，而是人。或者保守一點說，是以人的那一面在和林崁說話。

「訪談前，我習慣和受訪者先聊一下。」林崁像在對誰解釋般地說著：「就隨意聊聊吧！當作放鬆心情……你是哪裡人？」

「雲林。」賴文雄說著，似乎覺得太短，又補充道：「老家在崙背。」

「我記得你是在這裡念大學？」林崁又接著問。

「對，國立中部大學。」賴文雄回答，並笑了笑：「志輝創投的高階主管大多是念這所學校，都是很沉悶的書呆子，跟我一樣。」

「如果是你的話，應該能輕易預知考試的答案吧？」林崁故作輕鬆地問。

「不，我第一次察覺到自己的能力，是大四的下學期。」賴文雄有些拘謹地搖搖頭，不過看來對這個問題不感到慌亂：「那時忙著應徵工作，一開始不怎麼順利，直到有次面試前的晚上，我夢見了第二天的面試場景，起初沒多想，想說大概是壓力大。結果第二天面試時，發現那個場景還有考官提的問題，完全和夢境一模一樣，一開始以為只是『既視感』，所以沒有太在意。不過接連發生幾次後，我開始在起床後記錄夢境，才發現那不僅僅是幻覺而已。」

「就像預知夢那樣？」林崁反射性地進入採訪模式，引領賴文雄說下去。

「一開始是這樣，後來發現只要閉上眼睛冥想，就可以看見未來的景象。」賴文雄像要演示般，輕輕閉上了雙眼，過幾秒才又再度張開眼，但是睜眼之後，卻沒有再說什麼。

「所以……」林崁一下沒搞懂現在的狀況，尷尬地拍了拍自己的西裝外套，拍到了口袋裡面的東西，才想起來這裡的目的，便向來賴文雄問：「我身上現在有一張撲克牌，你能猜到是哪張牌嗎？」

「不是撲克牌，是一張百元紙鈔。」賴文雄直截了當地回答。

沒有魔術師的故弄玄虛，沒有耍花招的餘地，他就是簡單明白地說出了答案。彷彿林崁詢問的是今天的天氣，不需要太加思索，彷彿只要打開窗戶、推開門，答案就在那裡，沒有一點神祕。

「恭喜你，答對了。」反倒是林崁像個惡作劇被抓到的孩子，掏出了口袋裡的紅色紙鈔，討好地對賴文雄笑了笑。這笑中隱含著虧欠，就好像林崁質疑了不該質疑的信仰，又或者不小心挑戰了一段堅實的情誼。

「沒關係，如果換作是我，我也不相信。」賴文雄像是猜透了林崁的心思，若有似無地安慰著：「不用說得太遠，大四第一次發現自己有這個能力時，我也是花了很長的時間才終於接受。」

「可是，我還是不相信。」在一段情緒緩衝之後，林崁反而更堅定了自己的信念，她不甘願地咬了咬下唇：「如果預言師真的存在，如果那個預言師就是你，那你必然知道我將要跟你說什麼。」

「我知道，是妳的弟弟，林塹。」再一次，賴文雄說出了正確答案，就如同從樹上摘下一顆蘋果一樣，雖然那蘋果隱隱藏著危險，但是看來就是那麼完美無瑕：「而且我也要告訴妳，對不起，我沒辦法救他。」

「為什麼?!」林崁差點喊出聲來，不過她在最後關頭，還是克制了自己的音量，成了壓抑的控訴：「你說過，是在大四發現自己擁有這樣的能力，以你的年紀算起來，那就是十四年前的事情，你完全有辦法阻止那件事情的發生！」

「我試過阻止，不過總是在最後關頭失敗。」賴文雄不再像先前那樣從容，反而一臉哀戚，眼眶似乎也有些濕潤。

「我不明白，你不是預言師嗎？」林崁憤恨地問。

「就算是神，也有祂無能為力的地方。」賴文雄沉重地回答。

「你真的把自己當成神了嗎？」林崁冷冷一笑，原本熾烈的情緒頓時成了寒風刺骨：「這幾年的自殺率緩慢上升，也是因為你的無能為力嗎？」

「有些事情，其實是無法阻止的。」賴文雄意味深長地答覆：「或許大部分的自殺，不過只是因為『糟糕的一天』而已。可是，同時也有許多例子，當自殺者被救起之後，又在未來的某天決定自殺，因為背後的問題從來沒有被解決。」

「沒想到你還是個社會學家啊！」林崁有些嘲諷地說：「所以這就是你出山的理由？都已經是預言師了，總不是因為意外才被曝光的吧！鬧得現在滿城風雨了，就是為了對這個社會進行構造改革嗎？難道你還想選總統嗎？」

「從政從來不是我的考量，這點請放心。」賴文雄異常冷靜地回應。

「也是，比起當官，當神還比較體面吧！」林崁仍舊沒有削減她的刻薄：「看你是要當教主，還是直接假裝耶穌降臨。那些沒有一技之長的人都能騙到不少信眾，如果你能預言下一期的彩券號碼，肯定全世界都會陷入瘋狂。」

「冷靜，我想妳自己也不相信這樣的假設。」賴文雄雖然有些招架不住，但是面對林崁的歇斯底里，這樣的表現已經是差強人意。他用堅定的眼神望著林崁，這時的他真的就像個教主，正用靈性安撫著自己的信徒。

連林崁自己都覺得不可思議，因為她真的就平靜了下來，甚至為剛才的狂躁感到難為情。她尷尬地望了一下手錶，然後侷促地說：「我看時間也差不多了，我先去看一下攝影棚吧！」

「沒問題，您先忙吧！」賴文雄異常隆重地深深一鞠躬，似乎也鬆了口氣，儘管這一切走向他可能早已了然於心。

林崁沒再答話，只揮了揮手，就往後推開了房門。再度關上房門之後，林崁陷入了深思，彷彿剛剛經歷了神祕的體驗，她不確定是什麼原理，但是就感覺到全身不對勁，腦袋像是忽然當機。

「對不起，崁姊！」這時一個聲音打斷她的思緒，轉頭一看，是經紀人小圓。

「沒事，我本來就沒叫妳。」林崁揮揮手，按照慣例，和受訪者打招呼時都會帶上小圓，不過今天特意沒叫上她，小圓不知從哪聽到的，才急急忙忙趕來。

「對不起，我應該在門口等的。」小圓又道歉。

林崁沒再安慰她，不是因為冷血，只是因為不知道怎麼應對，小圓和她是有革命情感的，但是因為林崁大姊大的脾性慣了，所以也不知道怎樣改。

「幫我拿著吧！」林崁把西裝外套脫下來放到小圓手上，這時最好的方法就是讓小圓做些事來彌補，雖然在脫下的那一刻就後悔了，看著小圓可憐兮兮地接過外套，林崁搓著身子，想起她背地裡被人起的外號——家奴。

以前曾有個不識相的新人，當著林崁的面說出這個詞，那天採訪立刻被刁難到差點錄不下去，對方的經紀公司後來也不敢說什麼，反而押著人過來道歉。不過對方也該要慶幸，要是在更早以前，林崁會直接衝上去把人撂倒。

「確認過流程了嗎？」林崁又問了一個早知道的問題，往走廊盡頭走去。

「確認過了。」小圓幾乎是喊著回答。

「那好，就準備開始吧！」林崁站到走廊盡頭那扇門前，透過上面的壓克力窗窺探裡面的情況，看來製作單位準備得差不多，機位和布景都已經就緒，林崁沒敲門，直接推門走了進去。

一進門，許立威便湊了過來，壓低聲音說：「林崁，我知道妳對賴文雄的看法，但是待會請拜託忍忍吧！」

「我像是會把私情帶進訪談的人嗎？」林崁說著隨即打住，因為剛剛正好想著刁難新人的舊事，可是許立威沒發覺，只以為她要發火，小圓趕忙上去拉了拉許立威的手，許立威也乖順地退到了一旁。

小圓回來後，林崁便取走她手上的西裝外套，邊套上邊往主持位走去。坐上那張專屬她的白色高腳椅後，一名工作人員連忙遞來夾有幾張紙的寫字板過來，林崁並不需要小抄，但製作單位總說這樣畫面比較好看，所以也只能拿著。

她環視一圈，原本稍緩的團隊看到林崁落座，又開始緊張起來，幾個人跑了出去，大概是去通知受訪者，就算已經準備好的幾位工作人員，也禁不住焦躁地翻弄手邊的東西，深怕遺漏了什麼，許立威則是老練地去拍拍每個人的肩。

賴文雄第一個走進門，身旁沒有工作人員帶路，推開門後便朝著林崁點了點頭，這時林崁才發現自己一直盯著門口，於是也點頭回禮，接著便若無其事地翻了翻寫字板夾上的紙張，那只是幾張印壞的節目籌備資料。

其他嘉賓也一一落座後，許立威大致說明了下節目流程，說完後便由工作人員推出一塊液晶螢幕，節目一開始要讓大家觀看一段影片，林崁已經先在休息室看過，不過還是有台機位對準了她的臉，想捕捉她觀看時的表情。

首先，配合著輕快的背景音樂，螢幕上播放著節目的片頭，緊接在片頭之後的，是大學城火警的新聞和施國榮的受訪畫面，接著，配合著壯麗的交響樂，螢幕上以黑底白字寫著：

那是神在人間留下的第一個印記。

林崁不管攝影機正拍著，為了這個矯情的畫面，還是瞪了許立威一眼。

再來就是經過快速剪接的細碎片段，一些是其他分局警官受訪的畫面，一些是報紙內容的翻拍，還有網路論壇討論的截圖，全都是和匿名報案者有關的事件，配合波瀾壯闊的背景音樂，很容易就能煽動觀看者的內心。

林崁轉頭看向賴文雄，後者坐在純白單人沙發上，雙手不自在地倚著扶手，雙眼直盯螢幕，從表情很難推斷此刻的情緒。林崁回過頭望向螢幕，畫面停在一張網路截圖，上面談論著匿名報案者是新世紀的神，畫面上，隱約還有一個字。

神。這個字隨著畫面漸黑，漸漸又以白底黑字的方式呈現。

林崁又瞪了許立威一眼。

畫面一轉，又是一則新聞報導，內容是警方透過監視器，鎖定一個每次報案都會在公共電話周遭區域重複出現的人，那個人就是賴文雄。緊接著報導講述了賴文雄的職業和生平，還採訪了金融圈人士。

最後一段，是賴文雄被警方帶回警局的畫面，林崁已經重複看過許多次，因此她把視線從螢幕上移開，重新盯上賴文雄的側臉。對方的表情仍舊難以判定，只是偶爾挪了下身體。

「其實，我是一名預言師。」就連畫面上的自己做出這樣的告白時，賴文雄的臉上也沒有太大的起伏，平和地看著影片結束。

「各位觀眾朋友晚安，歡迎收看崁崁而談，我是主持人林崁。」林崁機械性地吐出這句開場白，雙眼不自覺地從賴文雄臉上移開，盯著攝影機念出早準備好的引言：「無論是小說、電影或是戲劇，『預言師』一直是個相當熱門的題材，我非常喜愛的小說家－菲利浦·狄克，就曾以此為題寫下多部作品，改編的電影相信大家都耳熟能詳，比如說『記憶裂痕』、『關鍵下一秒』和

『關鍵報告』。」

林崁流暢地背出了講稿，卻在念完引言後才意識到自己正在做節目，因為接下來的介紹詞讓她感到掙扎，不過節目前想了許久也沒想到更好的，也只能繼續說下去：「今天很榮幸邀請到現實中的預言師，歡迎賴文雄先生。」

「主持人好，各位觀眾朋友大家好，我是賴文雄。」

「在介紹其他來賓之前，我想先問一個問題。」流程上本來應該先介紹來賓的，但是林崁此刻就是想跟許立威作對，儘管她臉上還是掛著制式的笑容：「想請教賴文雄先生，對於部分網友稱您為新世界的神，您是怎麼看的呢？」

「我只是個凡人，儘管擁有這樣的能力，我也從來不覺得自己是神。」賴文雄平靜地回答：「充其量，我只是神在人間的代理者。」

賴文雄走在一條有些晦暗的走道上，皮鞋撞擊地面的聲響在空蕩的長廊迴盪。這雙鞋有些舊了，昨天特地到鞋店裡請人擦亮，還特別對腳後跟做了補強。畢竟，自從離開志輝創投後便沒再穿過，估計穿久了就會鬆脫。

也是因為久沒穿了，賴文雄還沒習慣鞋子的軟硬，又或者，是皮鞋放久了變硬，走起來不太舒坦。雖然早預料會如此，但是賴文雄還是堅持不買新鞋，無論新鞋或舊鞋，反正都得經歷適應期，還不如不換。

賴文雄在走廊盡頭的門前停下，房外沒有任何指示牌。前一晚秘書也沒告知房間的名稱，只說了概略的位置，不過細看的話，可以看見門上有鉚釘卸下的痕跡，輕聲湊上前，房裡似乎沒有任何動靜。

大概也不會有錯。賴文雄這麼想著，敲一下門後便開門進去。

房內坐著一名女警，或許是聽見開門的聲響，她的視線從電腦移開，緩緩地轉過頭，先是對上賴文雄的臉，又上上下下打量著，當賴文雄想說話時，她又重新瞪上他的臉，讓他又把到口的話吞了回去。

忽然，她從椅子上跳了起來，迅速衝到賴文雄面前。

「你就是那個預言師吧！很高興認識你。」她站定後，輕撥起斜眉尾的一小綹頭髮，雙眼雖然仍圓睜著，卻有些羞赧地縮著肩膀，伸出的手微微顫抖著，忽然又緊張地敲了下頭：「忘了自我介紹，我叫馬紗綾，可以叫我瑪莎或莎莎。」

「馬警官您好，」賴文雄漠然地伸出手：「我叫賴文雄。」

「能叫你阿雄嗎？……還是論輩分該叫雄哥？」馬紗綾一把將他的手拉過去，賴文雄一時沒站穩，往前跌了一步，馬紗綾似乎不以為意，只是仰著頭望著他，鼻孔因為劇烈喘氣而一張一合。

「叫我賴先生就行了。」賴文雄稍稍別過臉，將手抽了回來。

「喔……」馬紗綾往後退一步，抬了抬眉毛，歪著頭說：「挺神祕的嘛！」

「我們開始工作吧！」賴文雄沒搭理她，從口袋掏出一疊仔細摺好的筆記。

「還是叫賴老師吧！電視節目都這麼稱呼算命的……」馬紗綾自顧自地說。

「我不是算命的！」賴文雄終於動氣了。

「不得了啊……」馬紗綾歪著頭，似乎一點也沒被嚇著，反而饒有興致的打量著賴文雄的表情：「我以為你早料到了。」

「妳會因為料到要早起，就沒了起床氣嗎？」賴文雄沒好氣地瞪了她一眼。

「說的也是喔！」馬紗綾理解地點了點頭，又有點憐憫地看著他說：「不過至少氣會消一些吧！這樣代表你原本會有多氣啊……」

「我們能開始了嗎？」賴文雄攤開筆記紙：「我聽說還有個人吧！」

「啊！你早算到了吧！」馬紗綾愉快地小跳步，然後轉頭望向門口：「你是說課長爺爺吧！他老跑廁所，你知道，男人老了總有這毛病，我們這裡又和廁所離得遠，不過別擔心，大概要回來了。」

賴文雄四處看了看，這裡雖然並排著幾張辦公桌椅，但看周遭堆積的雜物，就可以猜到，這是臨時用倉庫騰出空間改造的。說改造也不對，這裡的改動，也就是把雜物推到其中三面牆，中間擺幾張桌椅，再把門外的指示牌拆下來而已。

這時，門打開了。

「我說莎莎啊！對方既然是預言師，應該不會挑我上廁所的時間……」一名頭髮灰白的男子邊說邊走了進來，不過一見到賴文雄立刻住了嘴，過一會兒才又笑瞇瞇地接著說道：「讓您久等了……莎莎妳怎麼就不請人坐呢！」

「不，我也才剛來。」賴文雄恭敬地說。

「在下梁太光，警界的小妹妹們都叫我課長爺爺。」課長笑吟吟地伸出手。

「爺爺就是常和小妹妹傳緋聞，才成為萬年課長啦！」馬紗綾在一旁補充。

「我是賴文雄。」賴文雄慎重地握了握課長的手。

「你們兩個應該認識過了吧？」課長指了指兩人。

「是的。」賴文雄點了下頭，然後像解脫般攤平了筆記紙：「那我們開始工作吧！首先……」

「到底是怎麼辦到的？需要儀式或什麼的嗎？」馬紗綾卻湊到賴文雄眼前。

「我……」賴文雄翻了下白眼，仰著頭不知該說些什麼。

「話先說在前頭，我可不是不相信你噢！」馬紗綾沒等他回答的意思，只是逕自繼續說著，賴文雄無奈地把筆記扔到一旁：「確切來說，我是警界少數相信你的人。記得大學城火警的那個案子吧？我那時候可辛苦了，可以說是一個人在對抗整個警界啊！要知道大學城的施學長是我們的神，那時候他推理出是人為縱火，讓一幫學弟妹都要跪倒在他跟前啊！但我不一樣，因為我相信人類是有無限可能的，人類的大腦只有……」

「我懂，我都懂。」賴文雄終於不耐煩地打斷，並酸溜溜地接著說：「總之現在整個警界只有妳相信我，我也只能依賴妳，是吧？」

「知道就好。」馬紗綾拍了拍他的肩，露出「孺子可教也」的表情。

「真佩服我自己，居然能忍受這樣的話兩次……」賴文雄仰著頭嘆了口氣，重新拿起那疊筆記攤開：「總之，現在開始工作吧！首先是自殺的案子……」

「那麼多啊！」看著紙上的清單，馬紗綾忍不住驚嘆。

「實際上應該比這個多上十倍，但如果一時半會死不了的話，我也懶得管了，總得讓一些人學到教訓，否則會沒完沒了。」賴文雄說完，又嘆了口氣：「更何況現在也只有你們兩個……」

「啊！雖然電話裡沒有明說，不過大概你也已經知道了。」梁課長表情看來有些難為情：「我們兩人不是作為警方的代表接受舉報，而是做為一個小組，親自受理所有相關事件。簡而言之，就像是超能力對策課之類的東西。」

雖然聯繫的警員說得很含糊，但賴文雄在來之前就已經知道了。這次警方的合作看似是伸出了友誼之手，但其實只是把一個麻煩掃起來，來個眼不見為淨。預言師的新聞在各大媒體炒得沸沸揚揚的同時，勤務中心也湧入許多惡作劇電話，用的都是同樣的人工語音軟體。為了遏止歪風，刑事局長只能宣布和賴文雄合作，而且，今後不再受理人工語音報案，畢竟正常人報案都不會多此一舉吧！

至於聾啞人士怎麼辦？沒等記者問問題，局長便飛也似地逃離會場。

這在警方也引起了軒然大波，雖然這暫時解決了惡作劇的問題，但也等於認可了預言師的能力，讓許多資深前輩不是很服氣，尤其是大學城的施國榮。因此在妥協之下產生了這個行動小組，以專案形式進行，而非直接指揮警方辦案。

「這點我十分明白，也能體諒警方的困境。」賴文雄說得誠懇。

「既然能體諒我們的困境，而且你又是一名預言師，應該知道我們接下來想做什麼了吧？」馬紗綾對著他擠眉弄眼，賴文雄嫌棄地別過臉去，但馬紗綾還是愉快地接著說：「如果方便的話，我們想邀請你一起行動。」

「不過身為平民的我什麼都不能做，阻止案件的發生應該是警察的工作吧！」賴文雄抗議，早料到會有這樣的結果，所以才穿了雙皮鞋過來，賴文雄低下頭，引導他們看向那雙鞋，並且轉著腳踝，發出咿歪的響聲。

「鞋子挺不錯的，走起路來應該很舒服吧！」也一如預料，馬紗綾並沒有往賴文雄想要的方向想去：「那就當作你同意了。」

「真皮的吧？」課長也加入：「有個預言師在總會讓我們比較放心。」

「說得跟警犬似的。」賴文雄小聲嘀咕，作為最後一次抗議，畢竟命運就是如此，縱使不樂意，終究還是得服從，做再多抵抗都沒用，這是賴文雄早就相當熟悉的事情。

第二章
人間代理

「當物體移動速度超過光速時，就有回到過去的可能，於是有人構想了『迅子』的概念，一個超越光速，不斷往過去前進的粒子。如果賴先生天生有辦法察覺到這些來自未來的粒子，就有辦法讀取未來的景象。

物理倒是無所謂，畢竟自哥白尼以來，我們已經很習慣既有的理論被推翻了。我擔心的是神學，因為這代表未來是唯一的，等於挑戰了『自由意識』的概念。」

——中部大學近代物理研究所　朱弘德教授

「我要的是熱美式，不是冰拿鐵。」林崁抬頭望著許立威，然後低頭望著桌上杯滴著水滴的手搖杯皺眉，一臉嫌棄地抽了兩張衛生紙，拿起飲料杯擦了擦，再墊到杯子底下。

「我只是想反抗一下命運。」許立威甩了甩那頭及肩的中長髮，散發著哲學的氣息，辦公室裡的幾個小女生偷偷倒吸了一口氣，這動作對某些女性來說很有吸引力，不過對林崁而言，這只會讓她的表情顯得更加嫌棄。

「你沒有反抗命運，你只是反抗我而已。」林崁回頭繼續操作桌上的筆電，沒有再抬頭看向許立威，只冷冷地回應了一句。

「妳想想，每天妳都要我買熱美式，預言師也肯定知道我會買熱美式。」許立威拉了旁邊的一張辦公椅，湊到林崁身邊坐下：「所以我今天就想來個出其不意，他總猜不到我買了個冰拿鐵吧！」

「不，他還是會知道。」林崁拿起桌上的三明治咬了一口，本來想要再拿起旁邊的飲料，但是碰到冰冷的杯子後皺了皺眉，於是沒有拿起來，而是拿起一旁的水杯喝了口水：「聽過一句諺語嗎？『人類一思考，上帝就發笑』。」

「什麼意思？」許立威想都沒想就問：「上帝幹嘛要笑？」

「這句諺語有很多種詮釋，其中一種詮釋，跟自由意識有點關係。」林崁拿下臉上的眼鏡，揉了揉雙眼：「人類總想個要反抗命運，但是如果一切都是命中註定，那反抗命運的本身，其實也在上帝的預想當中，所以上帝才會想笑。」

「想不到妳是個基督徒。」許立威一副驚奇的表情。

「我說過，我不相信神，也不相信鬼。」林崁雙手交疊在頸後，抱著頭沉思：「我只是想告訴那些相信神、相信命運的人，如果他們真的相信那些東西，那代表他們也同時放棄了對『自由意識』的堅持。」

「關於那些命運什麼的，我是沒想那麼複雜。」許立威又甩了甩他的頭髮：「我就是想在大部分的時間保有自由的選擇，然後在我需要的時候，又可以偷看一下未來的結果。」

「那是作夢。」林崁毫不猶豫地回答。

「別這麼無情嘛！」許立威討好地說：「人總要有點期待。」

「我是說真的，要實現這種期待，只有作夢。」林崁一臉真誠地回應：「如果你能得知未來的結果，代表你否定了其他人的自由意識。可是你又想要保有自己的自由意識，這麼一來，世界是虛擬的，只有你是真的，那只有一個可能……」

「作夢。」許立威失望地接話：「人生真的好難。」

「其實不難，只要你接受沒有神存在的事實。」林崁把手從頸後抽離，身體前傾向許立威，如同魔術師般輕聲說：「這就是一個沒有神的國度。」

「如果我們接受賴文雄就是預言師，那好像也不是完全沒有道理。」許立威有些尷尬地把眼神移開，他不太習慣與林崁那麼接近：「他會是全世界唯一保有自由意識的人，而我們只是夢境的一部分，他是唯一自由的人。」

「不，他也未必就是自由的。」林崁搖搖頭。

「為什麼？這不是妳自己說出來的理論嗎？」許立威不服氣地反問。

「不，這只是其中一個假說，但是現實可能更讓人絕望。」林崁一臉憐憫地望著許立威：「最可能的結果，是賴文雄也沒有自由意識，他雖然能看見未來，但是他所做的一切決定，也終究是命中註定。」

「可是，為什麼不能接受前面那個假設呢？」許立威顯得有些不解：「這兩個假設都同樣合理，那為什麼現實不會是前面那個？這樣至少還有一個人是自由的。」

「憑什麼？」林崁冷酷地反問：「這世界有幾億人，憑什麼就只有他最獨特？難道他創造了這個世界？難道他是造物者？難道他是神？」

「不，以他的說法，他是神在人間的代理者。」許立威把辦公椅往前滑，滑到林崁的電腦後方，指著她的螢幕說著。螢幕上恰恰就是關於那天賴文雄專訪的報導，上面的標題寫著「人間代理者：賴文雄」。

「那天專訪，是我們先提起，網友封他為『新世界的神』吧！」林崁回憶起當天錄影現場：

「我本來以為他是謙虛，但是仔細想想，就算是神的代理者，也已經足夠狂妄了，這些記者也真厲害，一下就抓到了這個標題。」

「如果他是預言師的話，這應該也在預期之中吧！」許立威一臉神往。

「我都說這麼白了，你還覺得他是嗎？」林崁嘆了口氣：「如果他真的是預言師，那這世界也太悲哀了，你怎麼還能接受？」

「不過那天在休息室，他的確猜中了所有答案吧！」許立威反駁道。

「不，後來冷靜想想，那也有可能是高明的騙術。」林崁搖搖頭：「如果在我的休息室裝上針孔攝影機，很容易就發現我塞了一百塊到口袋裡。至於林塹的事，本來就不是祕密，只要認真打聽就能知道。」

「那之前那些案子呢？」許立威又追問。

「我會找到破綻的。」林崁堅定地說：「你還不信任我嗎？只要是虛假的東西，一定存在破綻。他留下的足跡太多，很難做到完全地天衣無縫，一定能找到一個突破口。」

「那要從哪件案子開始？大學城火警嗎？要從施國榮開始查起？」

「不，那些細瑣的案子就交給你的團隊處理，我來處理自己熟悉的東西。」林崁望著螢幕上的報導，眼神顯得相當堅定：「我想調查的是，林塹的案子，這案子肯定跟賴文雄脫離不了關係。」

「這麼久的案子，妳還能從哪裡查起？」許立威皺了皺眉。

「或許，我應該去見一個人。」

那個男人坐在林崁面前，笑著。

因為是媒體人的採訪，所以不隔著玻璃牆拿電話對談，而是在一間會客室裡，隔著一張木桌相對而坐，一名獄警在一旁監看，而那個男人戴著手銬腳鐐，不時因為挪動身體而發出叮噹……

理論上應該是如此，但沒有。他不動，沒發出一點聲音，只對林崁笑著。

他叫孫德普，雖然加工自殺罪是最多七年的有期徒刑，但是因為一罪一罰的關係，所有教唆自殺的案件量刑加起來，恐怕一百年都不夠關，最後裁決最高的三十年有期徒刑，現在連一半的刑期都還沒過。

也是因為十幾年來沒露臉，在林崁的想像裡，還停留在資料上那個少不經事的男孩，直到見面後才赫然想起，對方算來甚至比她大上五歲。雖然對方的鬍子已經仔細剃乾淨，笑容裡還保有青春的浮動，但總感覺某部分的他確實衰老了。

「您好，我叫林崁，想對您做個採訪。」雖然在見面前已經透過獄警介紹，見面也是經過孫德普同意，不過林崁還是又表示了一下身分。

「好奇。」孫德普回應了兩個字，面無表情。

「什麼？」林崁一下子沒弄懂。

「是因為好奇嗎？」孫德普稍靠過來，引起獄警緊張，於是又退了回去：「採訪我，是因為好奇嗎？」

「因為最近藍鯨又出現了，傳聞說警方最近會有大動作，剛好做個企劃。」林崁只說出一半的實情，說出的話也有一半是謊。藍鯨出現是真的，警方有動作是假的，目前警方還只把那些藍鯨的圖騰視作巧合。

「我也看過報紙，但是看來騷動不大。」孫德普說話時一直盯著她，那是讓人不太舒服的凝望，讓林崁想起監獄裡的種種傳聞，她事前已經做好準備，抹去身上大半的女性特質，不過有些事不是說防就能防的。

「那您怎麼看呢？」如果有在看報，大概也知道預言師的事，然而不知為何，林崁就是不想親口說出，感覺像出賣了賴文雄。如果按照許立威的假設，或許賴文雄曾經和他是同夥，或許就是賴文雄的匿名信把他送進牢籠。而如果賴文雄真的是預言師，根據他的說法，那時他也的確具備了預知未來的能力，那麼那封匿名信，也非常有可能是由他發出。無論是哪個假設，賴文雄都是孫德普的死敵。

「為什麼不說呢？」孫德普冷不防開口，林崁從思索回到現實，發現對方正看著她，看似天真的詢問，那雙眼裡卻透著狡黠，林崁禁不住抖了一下。

「預言師的事？」林崁早年在不良團體學到的一件事，就是應該適時坦承。

「不錯。」孫德普笑了笑，雖然很明顯感受到他是想表達讚許，卻又似乎不懷好意：「要想採訪我，我們彼此就不應該有隔閡。」

「您對藍鯨這件事怎麼看呢？」微笑表示感謝後，林崁又重新提一次問題。

「我能發表對預言師的看法嗎？」孫德普一臉渴望地問。

「當然可以。」林崁儘量擠出一個鼓勵的微笑，縱使明知對方不懷好意，但與其拚命阻攔，不如讓他的情緒自然發洩掉，這樣做常常會得到意外的效果，看似陪著對方兜圈子，卻能讓受訪者放下戒心，更容易吐露林崁想知道的事。

「妳也訪問過預言師吧？」沒想到孫德普還是不直入核心，只是旁敲側擊。

「是的。」報紙肯定也刊登了那次的節目專訪，林崁無從迴避，順勢開玩笑似的補一句：「雖然聽起來可笑，但我覺得他的預言能力是真的呢！」

「是嗎？」孫德普只應了這句，顯然林崁的自我揭露並沒有突破他的心防。

「那您對預言師怎麼看呢？」因為對方又不說話，林崁只能順著問。

「不予置評。」孫德普只這麼說。林崁感到惱怒，要不是正在採訪，要不是獄警就站在一旁，要不是林崁有求於他，她真的想撲上去把他的頭拽到桌上，一把一把敲到他願意說人話為止。

不過林崁沒有這麼做，她只接著問：「那對藍鯨怎麼看呢？」

「不予置評。」孫德普所幸轉過身，把戴著手銬的雙手倚在椅背上頭。

「坐好。」獄警冷冷地說，孫德普只好乖乖回過身，這次不再看向林崁了。和剛開始的緊迫盯人相反，好像心裡的那把火忽然熄滅了，不是忽然沒了受訪的情緒。這不是換個時間再就能解決的問題，是剛剛某件事觸動了他……也不對，他的情緒根本毫無波動，如果不願意受訪，他大可跟獄警說一聲後就離開，或者以拒絕受訪威脅林崁，然而他都沒有這麼做。因此他的改變不是出於情緒，而是出於理智的決定，他正在為林崁設下一道謎題。

謎題的答案是什麼，其實在稍早之前就說了。

林崁深吸一口氣，一如節目開始的引言，她以流利但不呆板的口吻說著：「十五年前，你創立了匿名聊天群組，發起藍鯨這項活動，十三年前遭到匿名信告發，你沒向任何人透露過自己是藍鯨的創建者，告發你的人只可能是預言師。」

要想採訪我，我們彼此就不應該有隔閡。不過林崁還是偷偷留了一手，她刻意略過了許立威的假設，那個賴文雄和孫德普是同夥的假設。林崁觀察著孫德普的表情，心跳微微加速，像個害怕被拆穿的孩子。

孫德普還是沒說話，不過微微抬起頭看著他，眼神沒像剛開始那麼銳利，只是單純傾聽著，林崁頓了頓，提了第一個可能被正面回答的問題：「你恨他嗎？」

「不恨。」孫德普讚許地點點頭，儘管仍舊不懷好意，但他至少繼續說了下去：「如果他真的是預言師的話，那只是見到了未來，既然我未來終究會被警方盯上，那早一點或晚一點都無所謂，這個社會只是逮住我，他們無法拒絕藍鯨。」

「你認為這次的藍鯨是呼應你的理念嗎？」林崁抓住機會順勢問。

「別急。」孫德普看穿了她的心思，眼光又變得銳利，玩弄般打量著她：「機會是我給妳的，既然我提到藍鯨，就是會談到藍鯨，別自作聰明，我跟外面的人不一樣，在這裡得照我的規矩。」

強烈的控制欲。林崁心裡想著，其實孫德普也不是那麼特別，林崁在新人時期時，也遇過幾個這樣的人，他們了解主持人提問的邏輯，不想被圈在別人的框架裡。更何況孫德普主修心理學，對這方面又更加敏感。

「根本沒有什麼企劃，警方對最近的藍鯨也毫無頭緒。」孫德普沒察覺到林崁剛剛的思緒，只是繼續說著，不過他的發言讓林崁又是一驚：「要是平常時候就算了，可是這世上畢竟還是闖進了預言師這種莫名其妙的東西，解決不了的事情找他就可以。但是這一年來，還是陸續有藍鯨圖騰出現，可見在有限的未來裡，警方也解決不了這個案子，預言師也就沒轍了。既然這件事短期解決不了，妳剛剛說的企劃就是個謊。」

林崁沒料到對方一直冷靜地在分析，一下開不了口，也不敢隨意開口了。

於是孫德普繼續說：「我一開始曾經想過，會不會是預言師派妳來的，可是很快就排除了這個可能。一方面，妳明顯沒做好準備，另一方面，預言師也不需要真的派妳來，只要在腦子裡想著派妳過來，然後直接去看未來的結果就好了。」

的確，和預言師合作有這樣的方便，但是林崁暫時還不想要這麼做。因為她還不能肯定，賴文雄究竟是站在哪一方，而且他的預言能力也還不確定真偽。

「那問題就來了，既然他沒派妳來，為什麼還執意要來呢？」像要螫人似的，孫德普死死盯著她看：「妳不會沒想過，此行問不問得出結果，身為預言師的他早就知道了吧！」

「因為我不相信神，更不相信神會有代理人。」林崁這次是完全真誠地袒露自己，儘管不願意承認，孫德普的確有讓人自我揭露的能力：「對我說這種話，你不怕我就這樣走掉，轉頭去跟預言師合作？」

「不，決定見不見的是我，而不是妳。」孫德普沒笑，堅定地搖搖頭：「如果我決定不繼續下去，對妳來說才是大麻煩。」

「為什麼這麼肯定？」林崁笑著，覺得他是在逞強。

「我不是在逞強。」再一次，孫德普再次展現出他看透人心的能力：「雖然身為四級受刑人的我沒什麼接見機會，我的家人也早不管我，監獄的人也離我遠遠的，妳的離開的確會造成麻煩，不過這不成問題，因為我確定妳不會輕易放棄。」

「為什麼？」林崁倒是打從心底好奇。

「妳是林塹的姊姊吧！」孫德普說出意外的答案：「看到妳的名片就知道了，什麼塹啊崁的，妳的父母在取名時也真不省心。難道不知道取這兩個名，就是註定要讓妳們姊弟一路坎坷啊！」

林崁一下傻了，她沒想到孫德普會記得自己害過的人。就算是記得幾個，也沒料到會聯想起來，因此這一趟過來，壓根兒就沒猜到會提起林塹。一直防著的只有預言師的話題，沒想到孫德普早拿好一手好牌，只是慢悠悠地打著。

「妳來這裡的原因我也猜到了。」孫德普沒等她回過神，自顧自接著說下去：「不可能單單為了林塹，要的話妳幾年前早做了。而且對妳而言，跟我見面只是讓妳噁心而已。之所以和我見面，是因為這件事同時跟林塹和預言師有關吧！」

林崁本以為孫德普擁有的是煽動人心的能力，因此事前在這方面下了功夫，沒想到他的分析能力也同樣優秀。或許，孫德普能從報上得知林塹自殺未遂的消息，但是林塹被人領走的消息，從來沒有媒體披露過，甚至預言師曾為這件事情奔走的事情，也只出現在林崁和賴文雄間的談話。而被拘束在牢房裡的孫德普，卻能將破碎的線索一一連起，彷若古典推理中的安樂椅偵探。

「相信妳也察覺我的天賦了。」孫德普一如往常地看透林崁的心思：「我說那些話，便是要展示我的價值。我不會像電影演的那樣，要求妳帶我出去，我只想找些樂子。畢竟往後還得悶個十幾年，妳只要把資料帶來，讓我分析就行。」

這毫無疑問是筆划算的交易，而且一如孫德普所說，如此一來還能創造雙贏。孫德普需要一些樂子，林崁需要另一個冷靜的觀點。縱使之後孫德普可能創造出不得不離開牢房的情況，離不離開也還是由林崁判斷。

於是，儘管懷抱著一絲擔憂，林崁還是同意了這項合作。

「我想要十五年前的藍鯨資料。」林崁很少走進副控室，所以當她踏進副控室的那一刻，立刻就引起了注目。她一如往常那樣，無視了身旁的目光，徑直向許立威走去。

許立威向周遭的人揮揮手，要他們繼續工作，接著轉頭對林崁露出討饒的表情：「林大小姐，我現在還在做節目耶！」

「可是我今天又沒有錄影。」林崁理所當然地回應。

「我又不是只有妳一個……算了。」許立威揮揮手，接著跟身旁一位年輕男子說：「你先幫我看一下場子，我跟你們崁姊出去一下，很快就回來。」

「不必了，我就只是來說這句話的，誰叫你一直不接手機。」

「我知道妳只是來說這句話，有哪次不是？」許立威嘆了口氣，把手上的腳本遞給剛剛那名男子，伸手領著林崁走出去：「是我有話對妳說。」

「會很長嗎？很長的話就寄信給我。」林崁雖然冷酷地回絕，不過還是跟著走出去。走出副控室的這段路上，許立威不時回頭望著，深怕被誰跟蹤了，一路上都沉默著，這段路走得比想像中要長。

「妳要藍鯨的資料做什麼？」關上副控室的門後，許立威才終於開口。

「我跟你說過，我要查林塹的案子。」

「不，我當然知道妳要查林塹的案子。」許立威苦笑著搖搖頭，斟酌了一下用詞後又說：「我以為案子的細節都在妳腦子裡了。」

「大部分是這樣沒錯，但是我可能有盲點。」林崁的眼神迴避了一下。

「那妳要怎麼解開妳的盲點？」許立威追回了她的目光。

「我需要另一個人，一個跟我截然不同的視角。」

「誰？」許立威追問。

「你不需要知道，也不會想要知道。」

「諷刺的是，我什麼都知道，我該死的就是全知道了。」許立威咬著牙，注意了自己的音量，並透過副控室的玻璃門觀察了裡面的動靜：「我知道妳不相信神，但是我沒想到妳會相信一個罪犯。」

「沒想到你跟蹤我。」林崁抗議道：「你沒有這個權力。」

「我也沒有那個精力，但是總會有人跟我通風報信。」許立威深吸一口氣，雙手在空中揮舞了一下，像在趕蒼蠅，接著他又咬著牙，用極度克制的音量說：「妳知道我花了多少錢，給了多少交換條件，才讓狗仔隊不把這件事爆出來嗎？」

「辛苦你了。」林崁冷淡地回應。

「妳是有多恨賴文雄，才會去跟孫德普合作？」

「我不恨賴文雄，只是比起裝神弄鬼，我更相信人類而已。」林崁堅定地說：「我願意拋去成見，去換一個真相。」

「這已經不是成見的問題，也不是盲點的問題，妳已經是盲目了。」許立威從來沒敢用這樣的語氣對林崁說話，可是此刻的他放下一切顧慮：「孫德普就是這一切的始作俑者，妳怎麼還會相信他說的話。」

「我沒有相信，只是參考，信不信由我自己決定。」林崁一開始雖然顯得堅決，但是說到這裡，眼神忽然有些哀戚：「我沒有別的辦法了，為了找到林塹，我什麼都願意去試。」

「我知道，那天去沐雅森林山莊，其實也是為了找林塹吧！」許立威也放軟了聲調：「當年，林塹是被一台紅色禮車載走的吧！好巧不巧，關於沐雅森林山莊的一個鬼故事，就和紅色禮車有關。」

「不只一人目擊到紅色禮車開往沐雅山莊，那裡既然沒有住人，紅色禮車又是為什麼出現的？」林崁接著許立威的話說下去：「對別人來說，這就是一個鬼故事，但是對我來說那是線索。」

「所以妳才會參與這個企劃，不然不相信鬼神的妳，根本就不可能跟我們一起去實地考察。」許立威溫柔地回應：「我知道，我們其實一直都知道，而我想讓妳知道的是，妳不是孤獨的，妳不需要鋌而走險。」

「如果你真的了解我，就會讓我放手去做。」林崁抬起頭，雖然表情看起來倔強，但是眼角泛著一點淚光。

「好，我會給妳資料……真該死，其實不管我給不給，妳都有辦法能弄到妳要的東西。」許立威咬著牙搖搖頭：「不過答應我一件事，去找妳師父談談……別誤會，我不是要她給妳人生的建議，雖然我希望她也能給妳一些。不過更重要的是，她以前做過藍鯨的專題，她可能有不同的看法，至少在直接面對孫德普之前，妳應該去見見她。」

「不用你說，自從五年前她摔下樓梯後，我就常常去探望她。」林崁不以為然地嘖嘖舌：「我才不像你那麼沒良心，我還沒拋下她老人家。」

「我也沒有，不管怎樣，再好好跟她談過一次吧！」

「我會的。」林崁看跟許立威談得差不多了，便轉身往電梯的方向走：「把資料寄到我信箱，否則我會再來煩你的！」

「最近大家總在說著預言師，感覺我一個老太婆越來越跟不上時代了呢！」林崁的「師父」傅迦荷邊說著，邊顫巍巍地走著，轉頭看向旁邊攙著她的林崁：「妳也別老來了，要真不行了，我自然會請個看護來陪著。」

「我就來探探妳是不是藏了幾招看家本領。」林崁笑著想逗樂師傅。

「不需要我教，妳自己就混得不錯……」傅迦荷說著，察覺到林崁一下站著不動了，嘆了口氣：「不說了，只要說到這個，妳就老這樣。」

林崁心底覺得苦澀，傅迦荷在外人看來像個和藹的老奶奶，私底下卻是個嚴師，教訓徒弟從來不留情面，但還是就事論事的，如果徒弟成長到像林崁現在那樣獨當一面的話，又會恢復原先的溫柔慈愛。因此就算多麼苦，除非發現自己沒資質，否則很少人待不下去的，反倒都希望努力往上爬，直到能和師父平起平坐的那天。林崁當年應徵助理時，雖然只是為了賺點外快，但還是做好了心理準備。

不過她沒想到，師父從來沒教訓過她這個徒弟。

應徵助理主持時，傅迦荷也在場。林崁在那之前就抽空練習了唸稿這一類的基本功，再加上以前就是大姊大，模擬主持也有點底氣。不過相對於磨了許多年的專業人員來說，畢竟還是外行。更何況助理主持也不是小事，她心裡也有個底。

沒想到，一開始看來難以親近的傅迦荷，用心地一一指出林崁的缺失，完全把林崁視作一個專業人員在評析，中間還穿插幾句讚美，最後以溫暖的鼓勵話語作結。林崁雖然嚇到了，不過想到傅迦荷或許對每個人都這樣，就不以為意。

不過換到其他評審發言時，卻能明顯感到他們的侷促，不時瞄著一旁的傅迦荷。林崁被這樣的情景給搞迷糊了，直到離開時，當時還只是跑腿的許立威才湊上來小聲問：「妳有家人在我們這邊工作嗎？」

林崁回答了「沒有」，許立威雖然搔著頭說「我想也是如此」，然而似乎還是沒有解開疑惑，因為還要帶下一位進場，所以他也沒再多說什麼。

直到成功獲選為助理主持，趁著錄影的空檔，當時擔任評審的製作人將她拉到一旁：「雖然不明白是什麼原因，但是迦荷姊似乎很看重妳，她一般不會花那麼多時間給應徵者意見，我研究了妳的資料半天，還是搞不懂為什麼。」

製作人似乎期待她給出答案，可是林崁也只能聳聳肩。

之後還是如此，傅迦荷一次也沒罵過林崁，只是在錄影結束後，像當時應徵時一樣，總結她的優缺點，然後說些鼓勵的話。這樣的舉動澈底把其他工作人員嚇壞了，雖然沒人明白是怎麼回事，卻也因此讓林崁連帶地備受禮遇。

只不過，傅迦荷把這些事都忘了。

五年多前傅迦荷從自家樓梯摔下後，代理主持的位置也理所當然地落到了林崁身上。這時她也漸漸能獨當一面了，再加上獲得幾名大牌受訪人的讚許，闖出了名號，所以當傅迦荷因為久病未癒決定退休時，節目便順勢冠上了她的名字。在傅迦荷剛受傷時，林崁也曾跟著一群同輩去探過她，之後斷斷續續有送禮過去，但是直到在代班的節目中被扶正，感覺師父把自己視作地位對等的同行時，林崁才有勇氣開口詢問當年那個困擾許多人的謎：師父究竟為什麼對她那麼好？

沒想到，傅迦荷聽了林崁描述的那些事，只是疑惑地皺著眉頭。一開始以為是不好意思，後來聊了幾次後，林崁才確定師父是真的忘記了，對她來說，林崁就是忽然成了節目的助理主持，然後自己不斷精進，最後闖出自己的一片天。

也因為這樣，傅迦荷對林崁頻繁地探病是很彆扭的，總覺得自己是平白無故受著晚輩的照顧。而林崁堅持一周至少探一次，除了因為過去受過照顧，心裡還藏著一份罪惡感，畢竟現在所得到的一切，可說是拿師父的病痛換來的。

「我看過妳採訪預言師的那個節目。」傅迦荷的聲音打斷林崁的思緒。

「師……迦荷姊覺得怎樣呢？」林崁總是忘記傅迦荷不讓她喊師父。

「切入的角度挺不錯的，沒有譁眾取寵，卻也表達了人們的焦慮。」傅迦荷讚許地點點頭，但隨即話鋒一轉，用銳利的目光盯著林崁：「不過看著看著我又覺得，這會不會也是妳的焦慮呢？」

林崁愣愣地看著自己的師父，或許她已經知道了林崁私下找賴文雄談話的事情。但那是在休息室裡談的，應該不會有誰聽見，又或者是老前輩的直覺？

「我聽過妳弟弟失蹤的事，是在我住院後發生的吧！」聽到傅迦荷這句話，讓林崁又是一驚：「雖然不清楚細節，但我常在想，如果讓我住院的時間早一點，妳可以早點自立，經濟負擔也減輕些，如果晚一點，或許妳也不會忙到沒時間……」

「我那時已經很少去探弟弟了，無論忙不忙都一樣。」林崁咬著牙打斷師父的話，然後別過臉去：「我常在想，就算當時經濟寬裕些，也不會把弟弟接回家，經濟不過只是個藉口，我常暗自慶幸當時沒什麼錢，才有理由讓自己好過些。」

「妳問了預言師嗎？」傅迦荷溫柔地撫著林崁攙著她的手。

「沒有。」就這個問題來說，的確沒有。林崁只問了賴文雄當初有沒有救林塹，而救林塹最簡單的方法，就是讓林崁把他接回家，她沒有問賴文雄有沒有試過，而他也沒有說。或許，答案早已不言自明……

「別再折磨自己了。」傅迦荷彷彿看出了她的心思，這時她們已經走到了公園的長椅旁。師父每次都只能走到這裡，林崁便攙著她坐下，卻被拍了拍手臂阻止：「今天就走遠一點吧！不然這腿是永遠好不起來了。」

林崁又攙起師父離開長椅，視線稍稍從地平線往上移了點，很容易就看見不遠處的一棟大磚紅色大樓，大約四五層樓高，不知道是不是命運的玩笑，林塹當時住的看護中心就正好在這附近，每次走到這裡，心都會揪地疼一下。

「聽小威說，妳要查之前藍鯨的事？」傅迦荷冷不防地問了一句。

「他果然什麼事都跟您說了啊！」林崁在內心偷偷翻了個白眼，但是畢竟前輩就在身旁，所以也不敢太輕浮，很快抹去心中的不以為然，接著說：「其實一直都有在追蹤相關的線索，只是最近打算重新整頓一番。」

「跟誰一起整頓呢？」傅迦荷心平氣和地轉過頭，眼神卻像早已有了答案。

「孫德普。」在這樣的眼神下，林崁也不敢隱瞞。

「妳知道他是怎樣的人嗎？」傅迦荷又問，眼神中不帶有評斷，就如同她過去採訪人的風格，不去評價受訪者的回答，而是讓對方自然走下去。這一套林崁也承襲下來了，只是這回成了受訪者，總覺得有些不適應。

「我跟他見過一次面，他算是可以信任的……」林崁說到一半，就發現這句話不太妥當，畢竟孫德普是個罪犯，至少曾經是個罪犯，而且依照上次見面的經驗，也絕對還沒到「可以信任」的程度。或許是太急於證明自己的行動是對的，才會脫口而出這樣的話，林崁很快調整自己的說法：「我覺得監獄好像凍結了他的時間，他有一種莫名的天真，對各種事物帶有純粹的好奇。」

「的確，這聽起來跟十幾年前的他很像。」傅迦荷點點頭：「不過這也讓他和其他人保有一種疏離感，他沒辦法體會別人的苦痛，也不明白死亡的重量。」

「就是因為這樣，才會創立了藍鯨嗎？」

「根據我當年對他的觀察，他會創立藍鯨，有一部分就是出於好奇。」傅迦荷再次認可林崁的說法：「當然他後來有一些冠冕堂皇的說詞，但是真正的原因，其實是他想要知道如何操控一個人的死亡。」

「那如果說，現在有個人模仿他的犯罪，會有可能出於同樣的理由嗎？」林崁問：「目前一直有零星的藍鯨事件出現，但是還沒辦法串聯在一起。我懷疑，有人在模仿十五年前的犯罪，甚至有可能就是過去的共犯之一。」

「同樣的事件，並不一定是出於同樣的理由。」傅迦荷搖了搖頭：「如果是要調查現在的案件，我覺得妳很難從孫德普身上找到線索。如果是共犯，也不會讓事情變簡單。因為照目前的情況看來，就算有共犯，孫德普也不打算供出來。」

「他或許在玩遊戲。」林崁嘆了口氣。

「這就是小威希望妳小心的原因，我也擔心著同樣的事情。」傅迦荷語重心長地對林崁說：「孫德普擅長操控人心，他也樂於做這樣的事。這麼多年與社會隔絕，他就像一匹飢餓的狼，妳一定要小心為上。」

「我會的。」林崁誠懇地回答，就在這時，林崁的口袋傳來了手機的震動。林崁拿出手機一看，許立威像是算準了時間，在這時寄來了林塹案件的資料，林崁望了望四周，苦笑著說：「看來有人真的很關心我。」

「是我通知他的，和妳見面之前，我就要他把資料發給妳了。」傅迦荷露出慈愛的微笑：「妳也別總是對他太苛刻，這些都是真心關心妳的人。還有，去照護之家看看吧！那畢竟是妳弟弟最後待過的地方，說不定會有些線索。」

傅迦荷說著，視線望向了遠處的磚紅色大樓。

磚紅色大樓的招牌上，寫著「蝴蝶之家」四個大字。

林崁在大樓前遲疑了好一會兒，鼓足了勇氣，才終於走進大門，往四處望了望，她從來沒想過會再度踏進這裡。林崁還是痛恨這裡，總覺得這棟大樓充斥著乾癟的希望。

看著牆上色彩繽紛的可愛剪紙，還有照護人員對林崁禮貌性的疲憊微笑。雖然處處可以見到人為營造的歡樂氣氛，但就像翻攪著黏滯的泥沼，不求能有什麼結果。光是讓自己不要跟著陷進去，就耗費了極大的力氣。

牆上貼滿翩翩飛舞的紙蝴蝶，對這裡收治的植物人就像是個諷刺。

林崁忘記自己是什麼時候放棄了期待，或許一開始就不抱任何希望吧！植物人能夠甦醒的會有幾人？雖然那時很少注意社會新聞，但植物人甦醒肯定會是大頭條吧！林崁從不相信自己的運氣，或者是這個家族的運氣。

林崁進入這棟建築的次數寥寥可數，大概就是第一次送弟弟進來時，來這裡走了個流程，記得她當時一點都不在意的照護內容，心不在焉地參加了家屬的心理輔導，院方安排的演講也中途離席了。那時費用還是爸媽處理的，之後轉由她負責時，她直接申請了銀行自動扣款，除了後來發生了那件事，中間這段時間她一次也沒再進過這裡。

林崁看見了旁邊的公告欄，那裡貼著許多張院內活動的相片，因為院裡除了植物人之外，也接受老人的照護，因此除了一群人圍著病床的單調相片外，還有老人聚在一起同樂的身影。林崁想起林塹剛入院時，院方也會來電通知院內的各式活動，之後似乎也了解了林崁的意願，就只是例行性地寄個邀請卡而已，後來林崁也不看信了，甚至為了避免看到院方的信封，除非預期有重要的通知寄來，其他時候一律將信箱的信整疊丟到垃圾桶，連看也不想看一眼。

因為院方總是在節慶辦活動，而熱鬧的節慶對林崁來說，只有痛苦和憎恨。在最無助的時候，林崁甚至只要意識到那樣的邀請存在，就會感到一陣惱火，家裡的信箱總是被拆下又裝上，郵差甚至不客氣地留下了抱怨字條。

比起那些邀請函，自動扣款的通知都沒那麼讓她火大。

聽到林塹被領走的消息時，其實她鬆了一口氣，首先是想到那些邀請函，然後才想到銀行的扣款，不過後者畢竟是虛擬的，一直以來都是把它當作重到不合理的所得稅而已，而且她也從來沒想過多的錢該怎麼花，也不願意去想。

當她開口問「真的嗎」時，還忍不住壓低聲音，因為害怕對方察覺自己興奮的情緒，而對方則以為那是家屬拒絕承認的反應，道歉的同時也不停地安慰她，並且說明目前的處理狀況。

能不處理嗎？這句話林崁沒問出口，卻是心裡第一個念頭。

當時跟她說話的是哪個人？後來她不太甘願地過來時，又有一個人負責對她解釋，那會是同一個人嗎？林崁望著眼前來來去去的工作人員，她已經忘了那個人的臉，她暫時不想被打擾，為了避免被搭話，她假裝自己有個明確的目的。

然後她發現自己走到了電梯前。

先去看看吧！林崁按了上樓鍵，雖然總共也才來過兩次，她卻清楚記得林蹔的房間是位在三樓，因此電梯門打開後，她毫不猶豫地走了進去，但是當手放上「三」這個數字鍵時，內心卻閃過一股悸動，按下後又很快縮了回來。

當年林蹔就是從三樓跳下去的。

不是這裡，而是她家所在的公寓大樓，雖然住在五樓，或許是因為受限於鐵窗，林蹔並沒有選擇從家裡跳下，而是在三樓的晒衣場。那邊雖然也有鐵窗，但只要拉開插銷就可以輕鬆打開，這本來是為了逃生安全所做的設計，發生那件事之後，在住民委員會掀起很大的討論，不過基於法規，無論如何都不可能把鐵窗鎖住，所以最後還是不了了之，只是有段時間得承受其他住戶投來的異樣眼光。

那時總會惡毒的想，如果林蹔從五樓跳下來就好了呢！其實家裡的鐵窗還是能開的，只不過插銷上了鎖，小時候爸媽怕兩姊弟玩鬧，所以把鑰匙藏了起來，林崁不確定爸媽當時是不也後悔了。如果從五樓跳下，就能夠乾乾脆脆地死掉吧！而不是兩頭不到岸般，不聲不響地在那邊躺個十多年。如果從五樓跳下，她可以轟轟烈烈地演一場戲，扮演一個痛失手足的好姊姊，而不是承受著詛咒弟弟的心虛，不會再有銀行扣款，也不會有院方的邀請函。

想到這裡，電梯門開了，門外的光亮讓她以為要面臨神的訓示。

樓層整體給人乾淨明亮的感覺，光亮並不是來自燈光，而是來自建築大面積窗戶的採光。林崁望向窗外晴朗的天氣，又望向牆上貼著的紙蝴蝶，她忽然興起了一個想法：如果預言師真的存在，能夠預知未來，是否也能預知天氣？

畢竟蝴蝶輕拍翅膀就能帶來暴風雨，天氣又能夠這麼簡單被預知嗎？

這麼想著同時，林崁已經不自覺地走到了三樓的交誼廳，交誼廳中央有一個小型的櫃檯，兩名工作人員坐在裡面，邊用著電腦邊小聲交談著，大概是察覺到林崁的存在，其中一人抬起了頭，林崁向先前一樣稍稍點頭，轉身便要走。

「那個……」身後響起了叫喚聲，林崁假裝沒聽見，執意往另一個方向走，心中飄過許多可能，或許是好心的工作人員，也或許是認出了身為公眾人物的林崁，總不可能是……

「是林蹔的姊姊嗎？」聽到這聲句話時，林崁僵住了，此時身後傳來驚喜的話聲：「果然是林蹔的姊姊吧！」

林崁轉過身，往聲音的來向望去，叫喚她的那名工作人員是個慈愛的老婦人，看來約莫四五十歲，此刻正興奮地回看著她。不似見到大人物般的驚詫，而是親人久別重逢的歡欣，但是林崁並不記得見過她。

「是的。」林崁走上前去，等著對方介紹自己。

「還記得我嗎？」對方提了一個最棘手的問題，但是又隨即說錯話似的擺擺手：「我在說什麼呢？這也太強人所難……我是當時照顧林蹔的照護員沈芯儀，五年前我們見過一次面，那時……」

那時，林蹔被人領走了。

沈芯儀似乎是意識到這不是一個很好的見面機緣，所以說到這裡便打住了。林崁原本以為對方是顧慮到自己，不過看起來又不像，反而比較像是想起傷心的往事而感到難過。想到一個外人比自己還痛心，林崁內心就覺得酸楚。

「沒關係，都那麼多年了。」林崁只能扮演起收斂悲傷的家屬角色，其實之所以出言安慰，只是怕看著那麼哀傷的臉會讓自己感到心虛。

「林蹔一直都很喜歡姊姊喔！」沈芯儀收拾了悲傷的表情，擠出一個微笑。

「是嗎？」林崁只是客套地笑笑，畢竟這是不可能的事。林崁總共也才來過兩次，第二次林蹔已經不在了，即使林蹔能夠聽見外界的聲音，肯定也會覺得自己被拋棄了，對她這個姊姊也只會充滿恨意吧！

「雖然妳很少來，」似乎也是意識到尷尬，沈芯儀繼續解釋：「但是林蹔其實都知道喔！他一直知道姊姊為了他在努力，每次轉到您的節目，他就會製造一點動靜，原本以為是巧合，但幾次之後，才發現林蹔的確是知道的。」

這怎麼可能呢？林崁雖然臉上掛著微笑，內心卻在拚命搖頭。

「原本不知道為什麼，後來看了資料，才發現您是他姊姊。」沈芯儀卻繼續說：「因為那時候您的節目不固定，所以雖然知道林蹔想看，也不知道什麼時候播出。有幾次房間裡的電視機莫名其妙打開了，才發現是您的節目時間。」

一個植物人能開電視，要算是靈異事件了吧！不過沈芯儀說得煞有介事，而且眼神看來十分真誠，林崁都要懷疑他們是不是受過相關訓練了。而且看來也不像是為了安慰家屬所扯的謊，就算是謊言也太過詳細了，彷彿身歷其境一般。

「其實我今天來，是想瞭解五年前的那件事。」為了掩飾侷促，林崁慌忙說明自己的來意，即使她原本只不過是為了贖罪而想來看看而已。

「啊！那件事真的很對不起！」沈芯儀深深一鞠躬：「那天我剛好請假，不然我肯定知道林塹不會有哥哥的，但是因為代班的人聯絡不上我，而且內部資料又不知道被什麼人竄改過，而且那個人還拿了戶籍謄本過來，實在也沒辦法……」

聽沈芯儀急促的語調，不像在推卸責任，而是因為無法挽回過錯而懊惱。當年大概也是由她為林崁解釋，然而林崁一點也不記得當時說了什麼，忽然覺得有些慚愧：「沒關係，我並不怪妳。」

「對不起。」沈芯儀又低下頭，反倒更激動地說：「我那天不知道怎麼了，就把手機關機了。如果他們能聯絡到我，肯定就不會發生這種事了。也不知道為什麼會有人做那麼壞心的事，要是林塹現在看到姊姊……」

「沒事沒事……」林崁搭上了沈芯儀的肩，這是她多年採訪所練就的技巧。對於不穩定的受訪者，林崁會要求採訪時坐近一些，好能適時搭上對方的肩，這樣的肢體碰觸像是有種魔力，總是能讓崩潰的心緒穩定下來。

「抱歉，我失態了。」沈芯儀果然慢慢平穩了下來，擦了擦臉，恢復平時專業穩定的語調：「您今天是來了解當年的事件的，實在不應該聽我嘮叨這些事……我能夠幫忙您什麼嗎？」

「竄改內部資料的事，有找到兇手嗎？」林崁想起沈芯儀剛剛提過的事。

「這部分，可能有點困難。」沈芯儀的臉色沉了下來：「雖然這不能當作藉口，但是我們因為人力短缺，在個資的保護上就比較鬆散。只要能使用我們的電腦，就能夠更改內部的資料，甚至不需要密碼。」

「也就是說，任何人都有可能是嫌疑犯了。」林崁抬起頭，除了電梯口之外，就只有櫃檯上方有設置監視器：「那監視器呢？警察後來有來調閱過監視器嗎？有沒有發現可疑的人？」

「如果是說竄改資料的話，因為我們不知道是什麼時間點被竄改的，所以沒有辦法鎖定哪一段時間的影像資料。」沈芯儀搖搖頭：「至於事件發生的那天，您應該也已經知道了，那天監視器不知道為什麼被關閉了。」

「那監視器的開關在哪裡？」林崁說著便四處看看。

「要關掉監視器，可以從很多環節下手，主機、線路、監視器本身，那一天出問題的環節，是主機的錄影系統，也就是說監視器本身是開著的，但是並沒有錄下任何畫面。」

「這件事沒有人發現嗎？」林崁問。

「說真的，做為一個照護機構，對這種事沒有什麼警覺心。」沈芯儀有些愧疚地說：「不會有人進來偷東西，也不用擔心誰跑出去。我們只要看到螢幕上有畫面就夠了，不會有人在意是不是真的在錄影，甚至也不知道怎麼去確認。」

「也對，這裡又不是銀行。」林崁若有所思地點點頭。

「抱歉，這不應該做為藉口的。」或許是以為林崁是在挖苦她，沈芯儀急忙說：「在那之後，我們對這種事很小心，對個資的保護也做了改進。」
「沒事，我知道你們都是好人。」林崁擺了擺手。
「也不全是。」沈芯儀苦笑道：「說真的，發生這種事，我們內部人員的嫌疑最大。雖然後來警方排除了所有人的嫌疑，不過我到現在還是很害怕，很害怕是某個夥伴狡猾地逃過了制裁。」
「為什麼呢？」林崁脫口而出：「帶走林塹對你們任何人都沒有好處。」
「對其他人也沒有，所以在這點上面是公平的。」沈芯儀有些倔強地回答：「就是因為想不到有任何動機，才會從犯罪手法上去懷疑。說真的，如果真的有誰有動機的話，也會想辦法先混進來吧！」
「那妳懷疑了誰嗎？」林崁問。
「我不敢去想，這種事太可怕了。」沈芯儀倒抽了一口氣。
「那就讓我來幫妳煩惱吧！」林崁嘆口氣：「把五年前在職人員的名單給我，最好也讓我知道他們每個人在事件中扮演的角色，還有警方排除嫌疑的原因。或許，到最後什麼結果都沒有，不過對妳來說或許會是最好的答案。」
「真有趣。」過去一個小時裡，除了要林崁呈上不同的資料，孫德普最常說的話就是這句。會客室的鐵桌上平攤了好幾頁紙，就算是經過官方同意的採訪，孫德普還是不被允許直接碰觸文件，畢竟鋒利的紙張就能拿來做為脅持人質的武器，所以孫德普銬上的雙手只能規矩地放在膝上，遠遠望著林崁帶來的文件。為了左右對照，孫德普認為重要的幾頁文件被留在檯面上，並不時指示林崁將未讀的文件呈上來，因此，紙張很快就佔滿了桌面。

林崁帶來的是許立威調出來的新聞資料，除了當年的報導之外，還有一些未公開的素材，包括警方提供的材料，光是林塹的案件就能裝滿一個紙箱。另外，還有沈芯儀給的資料，也是厚厚一大疊。

在孫德普看資料的期間，林崁就在一旁靜靜坐著，只依著指示將文件一一呈上，她不急著催孫德普說出看法，等他的看法形成時，自然就會說出口，也不需要提供自己的假設，確保對方的想法不受外力汙染，也是她的責任之一。

這也是林崁的主持風格，相較一些同行強調個人主義，在節目上總是盡力彰顯自己的特色，林崁選擇將舞台讓給受訪者，最多就是按受訪者需求變動舞台，務求充分傳達受訪者的價值和理念。如果要培養忠實觀眾的話，比起每期變動的嘉賓，主持人才是確保收視率持續增長的要件，像林崁這類不靠外表取勝的人，就必須努力培養個人特色，而林崁這種沒特色的特色，業內看來幾乎是自殺。不過在幾次收穫大牌受訪者的好評後，竟也漸漸建立起名聲，她的節目成了新人的兵家必爭之地，經紀公司為了還人情也會安排大牌藝人受訪，節目漸漸做大。

林崁這時又禁不住想起了林塹，林塹被人領走的那段時間，林崁代班的節目剛被幾名大牌受訪者分享，正處於不穩定的事業上升期，還得利用沒錄影的空閒時間四處兼差，收入遠不及照護林塹的花費多，正是在那時發生了這件事。如果時間再往後延一些，大概只要一年半，林崁在節目中被扶正，節目外又有代言和主持見面會的機會，或許就會把林塹接回家裡照顧，也就不會發生那樣的事情。

是誰出於怎樣的原因把林塹帶走？這是林崁最想知道的答案。

「資料就這麼多嗎？」孫德普的聲音打斷了林崁的思緒，她這時才發現手上的資料已經全部派發完，桌面上鋪滿了紙張。還有旁邊兩張椅子各疊了一疊紙，是孫德普看完後覺得不重要的部分。

「還缺什麼嗎？我明天再拿來。」林崁掩飾著自己的恍神，不過如果換一個人來做這樣枯燥的工作，恐怕也很難比林崁做得更好。

「不用了，恐怕也不會再更好了。」孫德普搖了搖頭，林崁這才想起，今天他的手銬好像也沒發出聲音過：「比起預言師，妳更關心林塹。不過這不礙事，因為我只想找樂子，兩件事對我來說都一樣。」

雖然實在不喜歡自己的弟弟被當成娛樂項目，不過林崁還是忍了下來，平心靜氣地提問：「看了這些資料，你對帶走林塹的犯人有頭緒了嗎？」

「妳怎麼沒懷疑沈芯儀？」孫德普冷不防地提問。

「什麼？」林崁一時沒反應過來。

「沈芯儀說這件案件最有嫌疑的是內部人，她沒有說的是，內部人裡面最有嫌疑的是她。」孫德普不懷好意地冷笑：「關閉監視器、竄改家屬資料，任何一個內部人都能做到，甚至，以養護中心鬆散的管理，任何人都有機會做到。」

「的確，那為什麼沈芯儀最有嫌疑？」林崁問。

「因為有一件事情，只有她能做到。」孫德普維持著笑容：「還記得嗎？那天之所以沒有辦法驗證林塹沒有哥哥，是因為他們聯絡不到沈芯儀，其他人如果要做到這件事，都需要費很大的功夫，只有沈芯儀可以輕易辦到。」

「但是，她沒有動機。」林崁反駁。

「沒錯，可是任何人都沒有動機。」孫德普沒有退讓：「應該是說，我們目前暫時想不到動機。可是做為林塹的照護員，她聽起來跟林塹相當親近，也是最有可能會產生動機的人。」

「你是說，她對林塹產生感情了？」林崁有些驚訝。

「我不知道，這是一種可能，也有可能是任何原因。」孫德普聳聳肩：「我現在只是說一個機率問題。人都是自私的，越是親近的人，越有可能產生動機。而她在當時或許就是最接近的那個人，比妳都很接近，所以機率就最大。」

「那為什麼要做到這種程度，連預言師都瞞過了？」林崁還是不理解。

「還是那句話，這只是一種可能，我現在還不知道事實究竟是什麼。」孫德普還是一副無所謂的表情：「預言師說不定不是真的不知道真相，而是知道了真相，卻選擇放過。有可能他同情犯人的遭遇，小說不都有這樣的橋段嗎？」

「可是警方驗證了她的不在場證明，她不可能犯案。」林崁指著桌上其中一張紙。

「當然，我從來沒有指望答案會這麼簡單。」孫德普又聳聳肩。

「什麼？」林崁被孫德普的輕浮惹得有些惱怒了。

「我想說的是，不要錯過那些顯而易見的答案。」孫德普沒有受影響，只是按照著自己的節奏繼續說：「預言師這件事也一樣，預言師的出現，不只解決了自殺的問題，也解決了許多犯罪事件，但是妳感覺到其中不協調的地方了嗎？」

「自殺和犯罪的不協調嗎？」林崁不確定地問。

「不是，我想聊的是犯罪的部分。」孫德普搖搖頭：「的確，他阻止了許多起犯罪，也解決了一些過往的懸案。以他的能力，能夠防患於未然，也能預先知道一件懸案最終的答案，不過擁有這樣的能力，他是不是錯過了什麼？」

「你是想說，他應該去當警察？」

「不，這不是重點，我們之間的默契越來越差了。」孫德普失望地嘆口氣：「我想說的是，如果把他的能力發揮到極致，就像英雄都應該有個對立的大魔王，他就應該去挑戰犯罪的大本營，把這個社會的罪惡連根拔起。」

「你要說的是這座城市的黑幫老大，」林崁這才終於明白：「周朔。」

「福東會的會長、新月集團的董事長，隨便你們怎麼說。」孫德普甩了甩腦袋：「放著這麼明顯的犯罪教主在眼前，去處理一些枝微末節的小奸小惡，看起來真不像是神的代理人會有的氣魄。」

「你在懷疑預言師和周朔有串通？」

「同樣地，這只是一種可能而已。」孫德普仍舊沒把話說死：「想想看，妳弟弟的事情，也不是只有預言師能做到，如果買通足夠多的人，也能做到同樣的事。而周朔身為這座城市的黑幫老大，他能夠輕易地關掉監視器，修改養護之家的內部資料。而且不只養護之家，在林塹被帶走的那一段路上，所有人證、物證，都巧妙地被抹除了，如果不考慮預言師的話，這像不像黑社會常幹的事？」

「那動機呢？」林崁又問。

「動機一直都不是最重要的問題，這樣的犯罪是前所未見的，雖然我沒修過犯罪史，不過一個綁架植物人的犯罪，聽起來都是前所未聞。」孫德普分析著：「做人不能太貪心，除非像預言師那樣偷看未來的答案，不然我們不可能一下子就知道真相的全貌。我們現在能做的，就是去發現案件中不協調的地方，試著用一個假說把所有不合理的地方給理順了，最後再尋找證據，去驗證這個假說。」

「那現在的假說會是什麼呢？」林崁掃了一眼桌上的文件：「周朔和預言師合謀帶走了我的弟弟？」

「或許答案會更單純，預言師根本就不存在，是周朔所創造出來的假象。像我先前所說的，只要買通足夠多的人，就能達到與預言師同樣的效果。」孫德普像是發現獵物一樣雙眼放光：「如果是這樣的話，就能解釋預言師和周朔為什麼一直沒有發生衝突。一邊是能夠掀開所有犯罪的全知全能者，另一邊是害怕被攪亂犯罪計畫的黑幫老大，兩邊到現在都相安無事，無論如何，都有點不合理。」

「可是這還是不能解釋我弟弟的事。」林崁顯得有些失望。

「或許林塹是其中的關鍵，只是現在還看不出來。」孫德普第一次露出同情的眼神：「接下來，我們就看這兩位要怎麼演，然後隨機應變。」

賴文雄的鞋跟敲擊著地板，在空蕩的街道上噠噠響著。現在是深夜，街道上只偶爾有車輛呼嘯而過的聲響，因此賴文雄的鞋聲就顯得更加明顯。賴文雄走過一扇又一扇拉下的鐵捲門，一直走到一座舊公寓的鐵門前，拿出鑰匙準備開鎖。

「別動。」賴文雄感覺背後被什麼東西頂著，後方傳來沉穩的男性嗓音：「如果你真的是預言師，就知道背後有什麼，也會知道為什麼不能動。如果你真的是預言師，就最好照著我的指示走。」

「好，你要我坐進後面那台黑色廂型車吧！」賴文雄沒有回頭，緩緩地把鑰匙收回口袋，當右手要從口袋抽出來時，背後又被頂一下，賴文雄忍不住笑了笑：「如果相信我是預言師，就知道我不會輕舉妄動，畢竟你手上拿的不是槍吧！」

「真是驚人。」身後的男人視線越過賴文雄的肩膀，賴文雄眼前只有一扇鐵門，而且門面已經鏽跡斑斑，理應看不清後面的狀況，更不可能看到背後頂著的物體：「那就不用廢話了，上車吧！」

「好。」賴文雄感覺到身後的東西被拿開了，便從容轉過身，眼前是一名身穿大衣的高大男性，整體的裝束偏向英倫的紳士風格，但是右手淘氣地比著手槍的手勢，剛剛頂在賴文雄背後的，就是向前伸的兩根手指。

「說說你的預言。」男子鬆開右手，裡面空無一物，然後就把手收進大衣口袋，至於他的左手，從一開始就一直插在另一邊口袋裡。

「威脅我的不是手槍，也不是刀子，更不是你的蠻力。」賴文雄把視線從男子身上移開，停留在他身後的廂型車上：「而是那台車吧！那台車上面有大量的C4炸藥，足以讓這整條街夷為平地。而你的左手，現在就拿著引爆器。」

「沒錯，看來他們對你的傳聞是正確的。」男子微微一笑，那笑看起來很得體，沒有一絲罪犯的瘋狂，彷彿他現在不是在威脅，而只是在談一筆生意：「這就是為什麼我喜歡跟聰明人說話，那就別浪費時間了，上車吧！」

賴文雄沒多說什麼，直接走向了黑色廂型車，不是後座，不是副駕駛座，而是直接選擇駕駛座的車門，拉開車門坐了進去。

「你果然是預言師，一般被綁架的人，根本不會想到要去坐駕駛座。」男子坐進副駕駛座後，對著駕駛座上的賴文雄說，笑著抽出了藏在大衣的左手，手上握著黑色手把，拇指按著唯一的按鈕：「不過因為這個，所以我不方便開車。」

「我知道。」賴文雄沒有回頭，用原本就插著的鑰匙發動車子。

「看來會長沒有找錯人。」

「這句話也同樣適用在你的身上。」賴文雄輕踩油門，把廂型車緩緩駛離停車格：「你事前的布局足夠謹慎，又肯在關鍵的部分狠下心，所以是預言師最好的對手。我完全相信，你會在我逃跑時引爆炸彈。」

「你不需要相信什麼，因為你可以看到結果。」男子又輕輕笑著：「旅館街距離這裡還有段路，我倒是想聽聽看，你對我的計畫了解到什麼程度。」

「首先，不選擇刀槍，選擇炸彈就是個明智的決定。」賴文雄邊說著邊轉了方向盤：「刀槍的變數太多，只要被人奪走，就失去了威脅的能力。可是炸彈不一樣，而且你用的是反向引爆器，不是按下按鈕才引爆，而是剛好相反，要一直按著，才不會引爆。如果我們奪走引爆器，在手指移開的瞬間，就必須承擔爆炸的風險。而且炸彈的威力足夠大，一定會有大量死傷。」

「既然是預言師，既然事先預見了這一切，為什麼不阻止我呢？」

「因為炸彈是在一天內組裝起來的，在那之後你就一直守在這台車上，只要有人圖謀不軌，就會立刻引爆，我不可能在毫無死傷的狀態下動手腳。」賴文雄平靜地說著，意外地沒有透露出遺憾的神色。

「非常好，跟聰明人說話就是爽快！」男子愉悅地抖抖身子：「說些我不知道的吧！我倒是很想知道，會長找你是為了做什麼？」

「為了解答他多年的疑惑。」賴文雄很快回答，不過也僅止於此。

男子原本側耳聽著，不過賴文雄沒有再繼續說下去，男子便疑惑地轉過頭：「就這樣？沒了？」

「我只能說到這裡。」賴文雄堅定地說。

「好吧！天機不可洩漏。」男子喪氣地調整了一下坐姿：「或許我也能逼會長開口，不過如果是這樣，就太無趣了。」

這時，賴文雄也緩緩在一個路口前停下。在路口的這一頭，是像先前那樣寂靜的深夜街景，可是在路口的另一頭，是一片燈紅酒綠的景象，彷彿就是另一個世界，男子望著眼前的景象忍不住讚嘆：「啊！這就是傳說中的旅館街呀！」
「你沒來過？」賴文雄平靜地問。
「來過好幾次了，但是每次都一樣感動，這彷彿是國中之國。」男子說完，語帶責備地對賴文雄說：「你明明知道的，這是明知故問。」
「我覺得這是一種禮貌。」賴文雄說著，拉起了手剎車。
「你幹嘛？」男子聽見拉桿的聲響，警覺地轉過頭，又看了看前方，路口現在已經變成綠燈，但是賴文雄沒有要前進的意思，男子便沉著嗓音說：「會長在旅館街裡面，你得把車開進去才行。」
「聽著，我覺得你少考慮了一件事。」賴文雄索性把雙手從方向盤上移開。
「什麼事？」男子望著賴文雄，原本的從容消失了，賴文雄第一次見到他臉上露出緊張的神色。在他們相處的這短短幾分鐘裡，賴文雄原本以為這樣的表情不可能出現在男子的臉上。
「如果我在這裡逃跑，你就會炸了旅館街。」賴文雄依舊平靜。
「所以呢？」男子的神色從警戒變成遲疑，他似乎已經意識到了什麼，但是出於自我防衛而不能點破。他只是靜靜待著，等著賴文雄給出那個答案。
「會長不會讓你炸了旅館街。」
就在此時，他們背後傳來了警笛的聲響。
男子此時也拿出引爆器，放開了拇指的按鈕，可是什麼事都沒發生。
「不可能，他們不可能有機會對炸彈動手腳。」男子絕望地說。

「當然不可能，你的注意力一直都在炸彈上頭。」賴文雄柔聲安慰著，但是隨即話鋒一轉：「直到我上了這台車之後，一切都不同了，因為你的焦點變成我。」

「該死……」男子低聲咒罵著：「所以是剛剛才動的手腳。」

「沒錯，會長派人從後車廂解除了炸彈。」賴文雄轉頭望向了後座，那裡雖然已經寂靜無聲，不過總隱約覺得像有人來過。

「可是這樣也太大膽了吧！我可是隨時都會引爆炸彈。」

「因為他們有我的保證，我保證過不會出事。」

「也是，畢竟你是神的代理者，你是預言師。你說不會有事，就真的不會有事。」男子說著又搖搖頭：「可是，會長幹嘛破壞我的計畫？」

「我跟你說過吧！會長想找我，只是為了解答他多年的疑惑。」

「什麼疑惑？」

「神，」賴文雄回答：「是否真的存在？」

第三章
神力所及

「菩薩畏因，眾生畏果。施下的因註定會得怎樣的果，一切若皆是命定，那人便再無善惡，世間所有善惡，皆是種下此因的菩薩的善惡。這好像是有點矛盾的情況，不過那是因為現在太強調善惡因果，其實更上去還有一層境界。

對佛家而言，善惡和因果皆是表象，重點在於發掘佛性，唯有放下執著，才能跳脫因果輪迴，修得正果。」

——本覺大學佛學系的釋空明教授

「我真的不知道，為什麼要來跟妳蹚這個渾水。」許立威顫抖著抱怨。

此刻他們在一座玻璃電梯裡，此刻電梯正快速上升著，電梯外是明亮的風景。不過讓許立威顫抖的不是逐漸遠離的地面，而是他們即將前往的地方。

「我本來要自己來，是你非要跟來的。」林崁的語氣中沒有絲毫憐憫。

「我總不能看自己的搭檔去送死吧！」許立威望著腳下的玻璃地板，別過了眼，轉頭改望向顯示樓層的電梯面板：「這可是新月集團啊！我可不希望之後吃到用妳做成的冷凍牛肉。」

「那只是傳言，如果要毀屍滅口的話，做成牛肉也太費工了。」林崁冷冷地回應：「如果是我的話，封在水泥塊裡扔海邊還比較簡單一些。」

「妳都沒看新聞嗎？他們已經向預言師宣戰了。」許立威可憐兮兮地說。

「就是因為這樣，才更有來的必要。」林崁依舊平心靜氣：「不管他們兩方是敵還是友，現在終於扯上關聯了。我想也是因為這樣，周朔才會接受我的邀約，因為我是第一個專訪賴文雄的人。」

「拜託妳，不要直呼他的本名，在這裡就乖乖叫他會長吧！」許立威絕望地把頭貼上一旁的玻璃牆：「要是知道這樣，我就不做這個企劃了。」

「我正好相反，我是越做越來勁了。」說到這裡，電梯門正好開啟，迎面而來的是鋪著紅地毯的長廊。長廊兩旁各站著一列黑衣人，每列各十數人，不過空間仍顯得相當寬敞，整條長廊的寬度如同正規的雙線道，天花板也刻意挑高，一點都不像這樣高樓層該有的空間配置。長廊的盡頭有著一扇同樣大得不近情理的雙開門，甚至比沐雅山莊的大門都還要巨大。

不過，林崁並沒有被這樣的陣勢嚇著，從容地走出了電梯門，高跟鞋踩在厚地毯上，沒發出一點聲響。而兩旁的黑衣人也沒有太大的反應，只是靜靜地望著他們倆，像訓練有素的憲兵在行注目禮。

一直走到長廊的盡頭，門前的兩位黑衣人才有了反應，起步將門推開。沉重的兩扇門被緩緩推開，林崁和許立威得以一窺門後的光景。

那根本不該稱作房間，而是一整片尚未隔間的樓層。除了他們進門的這面，樓層的另外三面都是整片的落地窗，整個空間就像先前那座玻璃電梯的放大版，而且地板和天花板都是一片純白，明亮得像要晃瞎誰的眼。

更過分的是，在這座房間的中央擺置著一套純白的辦公桌椅，而站在這套桌椅旁的周朔，就像理所當然一樣，穿著一套白色的西裝。

「會長好。」許立威像遇到老師的小學生，反射性地問好。

「你好。」身穿白西裝的周朔點點頭，如果不特意提醒，從外表很難看出年紀。他有著青年人的體魄，中年人的自信，還有老年人的沉著。眉宇間透露的氣質，又不會與許立威和林崁產生太大的代溝。

「周朔先生早，我是林崁。」林崁依舊從容地大步走向前，沒有因為進入不熟悉的空間而停下，也沒有被這樣的場面給震懾住。

許立威見狀卻趕忙說：「會長不好意思，我想是我們的人不懂……」

「沒事，我喜歡直爽的人。」周朔擺了擺手，用眼神示意了林崁身後的人，立刻有兩名黑衣人不知從哪拖來了兩張椅子，用手勢邀請兩人坐下，自己也坐到了一旁的白色辦公椅上。

「那我也有話直說吧！今天早上的新聞，周先生您看了嗎？」林崁大方地坐到了其中一張椅子上，從口袋裡拿出了一支手機，打開了手機裡的一段採訪影片，主角是一名戴著銀框眼鏡的年輕男子，胸前圍了一圈拿著麥克風的記者。

「我知道，這是我們新月集團的發言人。」周朔點了點頭，不過也就僅止於此，沒有再做更多的評論。

於是林崁讓影片繼續播放著，影片中的男子正鄭重其事地對著一眾記者說：「我在此宣布，如果有人能夠將賴文雄帶來龍華大樓頂層的會長辦公室，我個人將提供十億的獎金，並協助解決相關的法律責任，形式不拘。」

接著，在一段耐人尋味的停頓之後，影片中的人又說：「以上言論不代表新月集團，僅是我個人的立場。」

「他說了，這段話不代表新月集團。」周朔攤了攤手。

「如果只是一個集團的發言人，有辦法拿出十億的獎金嗎？」林崁問。

「看來我們的待遇不錯。」周朔淺淺地笑著。

「那為什麼是會長辦公室？」林崁又問。

「可能是因為這個地方夠大吧！」周朔轉了轉椅子，看了看這片被稱作「辦公室」的地方。

這地方真的夠大，而且大得太誇張了，幾乎能拿來當足球場。

「只是個賴文雄，為什麼需要這麼大的地方？」林崁質疑道。

「只是個周朔先生，為什麼需要這麼大的地方？」周朔反問，意味深長地眨眨眼：「這個地方，不只是拿來嚇唬人用的。這裡地方空曠，就像是加了蓋的天台一樣，要是有什麼事都會一覽無遺，有心人也不好動手腳，這才是我愛的地方。」

「既然這樣，那我就問點別的。」林崁雖然換了話題，不過眼神沒有退讓：「那個不拘形式，意思就是不管賴文雄是死是活，只要人到了這邊就算數嗎？」

「既然規則沒有訂死，自然就可以有很多種解釋。」周朔不置可否。

「最後一個問題，為什麼是現在出手？」林崁也沒有因為周朔的回答而有任何反應，更像是在照著訪綱提問：「賴文雄一直都沒有危害你們的利益，雖然他揭發了幾件犯罪，不過都跟你們無關。如果他真的是預言師，他的確有能力把你們的底都掀出來，不過他似乎對你們沒有一點興趣。可是就在這樣相安無事的狀態下，為什麼你要先跳出來破壞平衡？你不怕惹怒預言師嗎？」

「如果他真的是預言師，難道不會預知道自己會被惹怒嗎？」周朔先是停頓了一下，等林崁思緒跟了上來後才接著說：「這就是整件事最有趣的地方，如果他真的是預言師，他將會預知道一切的結果，未來是註定的，也就是說，不管我們現在做什麼，其實都不會有錯。就算我這樣會惹怒他，他也早該對我下手了，而不是等到我真的惹惱他之後。」

「可是，為什麼要這麼做？」林崁這時才真的被周朔提起興趣，她過去可能把對方想得太單純了：「既然未來是註定的，代表你做的事情也不會有任何意義，那幹嘛還要重金懸賞預言師？」

「難道妳就不好奇嗎？」周朔臉上綻發出天真的笑容，很難想像這樣的表情會出現在一名黑幫老大的臉上：「賴文雄是不是真的預言師？這世界上是不是真的有神？所有事是否真的是命中註定？這一切，都值得我去冒險。」

「所以傳聞是真的？你只是想確認心中多年來的疑問？」林崁疑惑道：「之所以綁架預言師，就只是想知道，這世界上有沒有神？」

「神是西方人的東西，我更偏好的是東方的『佛』。」周朔把身子往後攤，緩緩說：「眾生皆有佛性，如果是這樣的話，預言師的存在也就不那麼讓人驚訝了。他不過是個比我們悟性更高的物種，參透了時間和因果。」

「你想了解他，是想要了解因果？」林崁問。

「想聽老人家說個故事嗎？」周朔溫柔地微笑，輕聲說：「如果我說我是警方臥底，妳信不信？」

「只要情節合理，我就相信。」林崁回應。

「這麼容易相信嗎?」周朔雖然這麼問著,但是表情裡沒有驚訝的成分。

「作為一名採訪人員,我們的天職就是當受訪者的傳聲筒。只要邏輯上沒有重大的矛盾,證據上沒有確切的反對,我們都要相信。」林崁說。

「就算對方是個十惡不赦的人?」

「那更要相信,因為除了我們,就沒有人會信了。」林崁誠懇地說:「我們的存在,就是傳達屬於他們的故事。」

「如果哪天我想說這個故事,我會去寫一本書,不過那不是現在。」周朔搖搖頭:「我更好奇的,是妳的故事。妳那麼執著於預言師,又這麼大費周章地找上我,我相信這已經不是單純的媒體人熱誠了。」

「那是你不了解媒體人會有多麼拚命。」林崁暫時還不願意攤牌:「在我們這個行業裡……」

「林塹。」周朔冷不防地說出了這個名字,搖頭苦笑:「我們就單刀直入吧!我說過,我喜歡直爽的人,妳前面表現得還不錯。不過這也不怪妳,每個人都有自己的底線,而林塹就是妳的底線。」

「你查過我?」林崁警戒地問。

「我查過任何我在意的人,包括賴文雄,也包括妳。」周朔直爽地說:「更別說,我一路上都派人盯著妳。知道為什麼電梯是透明的嗎?那當然也不只是嚇唬人用,而是可以讓我知道,妳在電梯裡塞了一張百元鈔票到左邊的口袋裡。」

許立威不安地望向林崁，而林崁只是自討沒趣地從左邊口袋裡摸出了一張百元鈔，在空中揮了揮後，又塞回口袋裡，說：「這只是個備案，如果你等下說自己才是預言師，這就是我的測試。」

「妳怎麼會認為我是預言師？」周朔顯然被逗樂了。

「作為一名黑幫老大，」林崁說這句話的時候，許立威在一旁乾咳了幾下，不過林崁還是繼續說下去：「不只是這棟大樓，這整座城市對你來說都是透明的。你不僅知曉大部分的事，還能呼風喚雨，施展別人覺得不可思議的奇蹟。」

「所以妳認為，預言師只是我安排的一場戲？」

「如果是這樣，有個地方我還是搞不懂。」林崁略略垂下眼：「那就是林塹的部分，不過不管是哪一種假設，我都搞不懂為什麼有人要綁走林塹。」

「妳懷疑過是預言師綁走林塹，」周朔問：「也懷疑過是我？」

「對，可是我想不到理由。」

「人心是很難猜的。」周朔微微笑著：「就好像我能查到妳弟弟的事，能夠查到警方檔案裡的所有細節，但是對於妳弟弟自殺的原因，我仍舊是一無所知，這也只有當事人和最親近他的人才知道。」

「他的親人，也未必真的知道。」林崁輕輕嘆了口氣：「那時候的我在叛逆期，三天一小吵，五天一大鬧。我只注意到林塹在我們吵架時默默關起門，只知道門上不知道什麼時候多了藍鯨的布偶，我從沒想過那可能是個求救訊號。」

「藍鯨。」周朔重複了這個詞：「我知道，這是造成林塹死亡的直接原因。不過如果我沒記錯的話，藍鯨事件的受害者，並不全是自殺吧？」

「什麼意思？」林崁顯得很迷惑。

「的確，孫德普當年透過自己的心理學知識，誘騙了許多受害者自殺。不過還有一部分的人，在緊要關頭後悔了，後來是被各種手段恐嚇下自殺的。」周朔臉色變得嚴肅：「其中還有一些沒服從於恐嚇的，是被『處決』的。」

「你的意思是，林塹也是被處決的？」林崁從迷惑轉為驚訝：「不過警察已經調查過現場，確認就是單純的跳樓自殺，沒有什麼疑點啊？」

「我只是提供一個假設而已，畢竟，妳對於誰會帶走林塹還毫無頭緒吧！」周朔稍稍緩和了一下神情：「一個植物人沒有什麼威脅性，不過如果牽涉到一起案件的真相，那就有可能會成為另一起案件的動機。」

「我不明白，這兩起案件相差了十年，沒有理由隔了這麼久才下手吧？」林崁搖了搖頭，拒絕了周朔的假設。

「所以我才說，這只是一個假設。我只是想提醒妳，除了我，還有另一個人有能力偽裝成預言師。」周朔說：「孫德普，他有操縱人心的能力，不只是說服人自殺，他還策劃了多起處決的行動，所以布局的能力也絕對不亞於一名黑幫老大。甚至可以這麼說，如果把我的組織交給他，他完全能夠做得比我更好。我知道妳不久前才見過他，或許還是因為他才來找我，不過我要提醒妳，如果真的要懷疑誰，千萬也要把他列入選項。」

「我會的，這點請你不用擔心。」林崁的語氣中顯得不領情。

「我一點都不擔心，因為這不是我要玩的遊戲。」周朔只平靜地說：「不管妳對我的信任有多少，這一次我願意見妳，主要是想要跟妳談一個合作。」

「什麼合作？」林崁問。

「我的發言人早上已經把魚餌扔出去了，總要有人盯著釣竿。」周朔說：「這幾天，會有許多人衝著賴文雄而去，如果他不是真的預言師，代表他將要面對許多不可預期的事件，而妳的工作，就是去看他到底是真是假。」

「我以為你已經有許多人盯著了。」林崁回應。

「可是妳不一樣。」

「因為我是媒體人嗎？」林崁問。

「不是，」周朔緩緩回答：「因為妳不相信神。」

「那你信嗎？」林崁又問。

「我寧願選擇相信。」

「為什麼？」

「因為，」周朔稍微停頓了一下，眼神忽然有些哀戚，接著才沉聲道：「這個世界還沒有足夠多的好人。」

無論這世界有沒有足夠多的好人，林崁確信賴文雄正被許多人保護著。在刑事局的地下停車場，林崁遠遠就看見持盾刑警所組成的重重人牆，形成一圈藍色的屏障，而「崁崁而談」的銀灰色廂型車，被引導在稍遠處的停車格停下。

「看來人民保母為了保護賴文雄，也是下足了血本啊！」林崁感嘆道。

「如果他真的是預言師，還需要這麼多人保護嗎？」許立威第一次對賴文雄產生了懷疑。

「周朔的懸賞令會引來許多三教九流，就算真的是預言師，也會疲於應付，不如擺出一個大陣仗，可以產生威嚇的效果，省去不少麻煩。」林崁邊說著邊走向那個巨大的方陣。

「難得妳也會替賴文雄說話。」許立威打趣地說。

「不是替他說話，我只是需要嚴格驗證每個假設。」林崁回應道：「要證明他不是預言師，就必須用反證法。在假設預言師存在的情況下，一一去推演每個狀況，直到完全無法解釋為止。」

「那看來，我必須好好記錄下每個細節了。」許立威說著，拿出了側背包中的小型攝影機，跟在林崁後面走向方陣。

就在他們快接觸到方陣時，一名綁著馬尾的女警從盾牌間隙中鑽了出來。

「你們好，我是負責預言師專案的刑警馬紗綾，我是你們節目的粉絲喔！」名叫馬紗綾的女警伸出手，異常熱情地向兩人招呼道：「你們可以叫我瑪莎或莎莎，我該怎麼稱呼你們呢？」

「我是許立威，是這節目的製作人，妳可以叫我William或是威廉王子。」許立威立刻伸出手回握，自信地甩甩了那頭中長髮，然後一手比向旁邊的林崁：「至於我旁邊這位，看起來妳年紀比她還要小，就叫她崁姊吧！」

「人家是警察，別把在公司對小妹妹那套帶來。」林崁白了許立威一眼，然後轉頭看向馬紗綾：「我是來辦正事的，先上車吧！我們現在要去哪裡？」

「這邊請，我們邊走邊說。」馬紗綾說著便轉過身，敲了敲面前的兩面盾牌，盾牌便像雙開門一樣讓出了一條過道，通往深處的一輛警車，馬紗綾邊走邊回頭問：「在這之前我倒是想問問崁姊，如果要把賴老師拖到龍華大樓，妳會怎麼做？」

「一根棍子把他放倒吧！」林崁和許立威跟上去，身後的人牆也隨後闔起。

「可是我們的賴老師是預言師啊！」馬紗綾愉悅地回應：「他應該早料到棍子會從哪裡來吧？」

「喔！這個題目是在這個前提之下嗎？」林崁問。

「當然囉！我是真心相信賴老師的能力，這等等再說。」馬紗綾走向警車，那是一輛廂型車，於是她拉開後車門讓三人一起入座：「所以，如果賴老師真的是預言師的話，崁姊會怎麼做呢？」

「如果是預言師的話，要傷害他幾乎是不可能了……」後座是兩排面對面的座椅，林崁和許立威坐了後面那排，而馬紗綾則是在林崁正對面坐下：「那就只能從別人下手了。」

「具體要怎麼做呢？」馬紗綾闔上車門，微笑著問。

「傷害他在乎的人，或者，如果他是個好人，那就更簡單，隨便傷害什麼人都可以。」林崁的視線越過馬紗綾的肩頭，望向前座，駕駛座坐著一名看來有些年紀的男性，而副駕駛座則坐著賴文雄，林崁於是招呼道：「賴先生早。」

「你們早，好久不見。」賴文雄轉過頭對兩人點了點頭。
「課長，我們出發吧！」馬紗綾轉頭對駕駛座的男人說道，接著又回過頭接續剛才的話題：「所以囉！如果預言師心地越善良，破綻就越多。」
「只要威脅傷害人，預言師就不得不服從要求。」林崁替馬紗綾總結，想快點結束這個話題，畢竟在賴文雄面前聊這種事，總覺得有些彆扭，雖然眼前的馬紗綾顯然不這麼覺得，林崁接著問：「所以我們現在是要去處理一起綁架案？」
「不，今天預計發生的綁架案有十七件，如果都親自處理根本忙不過來。」馬紗綾拿起旁邊椅子上的平板電腦，上面顯示著一張全國的地圖，用紅點標註了十七個不規則分布的地點：「所以我們就是打電話，讓當地警局去處理。」
「如果是預言師的話，的確不需要親自處理這些事。」許立威在一旁答腔。
「這裡再考考崁姊好了，」馬紗綾沒有回應許立威，而是對林崁微微一笑：「既然大部分都能讓地方警局處理，有什麼是賴老師不得不親自處理的事？」
「特別棘手的綁架案？」林崁不確定地說。
「從某個層面來說，這麼說是沒錯，不過也不完全是這樣。」馬紗綾轉了轉腦袋，有些得意地賣了關子。
「那不然是什麼？」林崁直截了當地提問。
「崁姊剛剛也說了吧！如果預言師是好人，傷害誰都可以。」馬紗綾又頓了一下，接著才又說：「既然傷害誰都可以，那麼就會有一個非常簡單的辦法，可是對預言師來說卻相當棘手。」

「傷害自己？」林崁這次比較確定了。

「沒錯，傷害別人，畢竟不是那麼隨心所欲。而傷害自己，只要真有心，什麼時候都有辦法做到。」馬紗綾略顯激動地點點頭，像是林崁剛回答了一個價值百萬的問題。

「所以我們是要去處理一起自殺案？」林崁冷靜地總結。

「確切來說，應該是連環自殺未遂案。」馬紗綾還是不改興奮的神情。

「那賴文雄要怎麼做？」林崁在問出這個問題後，透過車裡的後照鏡看了副駕駛座的賴文雄，他的臉色沒有改變分毫，只是靜靜地望著前方，彷彿沒聽見林崁提及自己的名字一樣。

「勸勸他吧！不然還能怎樣？」馬紗綾替賴文雄回答。

「的確，在這種事情上，最關鍵的是人心。」林崁說完，便望向了窗外，她暫時沒有想知道的事了，剩下的，就是看賴文雄要怎麼應對接下來的局面。在他們的車子駛出停車場後，警方還是沒有鬆懈原本的包圍網，只是從持盾警察換成了護衛車隨行，前後左右都緊貼著黑白相間的警車，並響著巨大的鳴笛聲，整個車隊平穩地向前行駛著，一下子也看不出來將要前往何方。

隨著一轉彎和一咯噔，整個視野忽然暗了下來，林崁警覺地挺起身子，畢竟賴文雄現在正被黑幫老大懸賞，不過看著馬紗綾安心的神情，才理解到他們只是又駛進一棟建築的地下室了。

在幾個迴轉之後，車子終於停下來，旁邊的護衛車也散了開來，又下來了許多個持盾警察，團團圍住林崁所在的廂型車。

「這是哪？」林崁問。

「中部大學附設醫院。」馬紗綾邊說邊打開車門，讓對面的林崁和許立威先下車，林崁看見駕駛座的課長和賴文雄也分別下了車。五人都下車之後，持盾警察立刻讓開了一條過道，過道直通地下室的電梯間。

「不是自殺未遂嗎？怎麼就在醫院裡了？」林炭邊走邊問。

「因為病人有極高的自殺風險，所以符合強制住院的規定。」馬紗綾沒有剛出發時的興奮，或許是因為即將面對任務，露出了專業的氣息。

因為這樣壓抑的氣氛，一行人便沒有再說話，一路走至電梯間，默默等待著電梯的來臨，而外頭的警察沒有再跟進來。林炭瞄了一眼馬紗綾和身旁的課長，發現他們的腰間都有配槍，並維持著警戒的姿勢。

電梯開啟之後，馬紗綾按下了十一樓的按鈕。隨著電梯的上升，沉默仍舊持續著，而賴文雄一直都是面無表情地望著前方，看不出來是有十足的把握，還是在盤算著什麼。

電梯再次開啟後，迎面而來是一條寬敞明亮的白色走廊，兩旁各站著一排腰間配槍的刑警，讓林炭想起龍華大樓的景象，只不過氣勢稍微弱了一些。沒有浮誇的樓層挑高和巨大的雙開門，只有一個個齊整的病房隔間。

馬紗綾領著一行人走向其中一間病房，推開房門後，也沒有特別的驚喜，不過就是一間普通的病房，一名男孩靜靜躺在一張病床上。

那男孩看起來很年輕，可能不超過三十歲，手腳被約束帶綁著。不過也沒有想要掙扎的樣子，他就是靜靜地躺著，兩眼空洞無神，只淡淡望了闖入者一眼，又雙眼發直地望向天花板。

「我以為他會更激動一些。」林炭望著眼前的男孩，忽然就想起了林塹。只不過成了植物人的林塹，甚至沒有辦法望向她一眼，就像毫無生命的擺設，在床上靜靜地躺著，等待著不可能會出現的奇蹟。

「我們請醫生打了鎮定劑，當作高風險自殺病患處理。」馬紗綾的回答打斷了林崁的回憶。

「那他還能聽見我們說話嗎？」林崁也重新拾起媒體人的專業。

「我問過賴老師，他說沒問題。」馬紗綾把視線轉向賴文雄，賴文雄沒有回應，只是靜靜地望著床上的男孩。

「都這樣了，你打算怎麼勸他？」林崁直接向賴文雄提問。

「我知道他要什麼，所以他不用回答，只要能聽見就好。」賴文雄像是被這個問題點醒，才又動作了起來。林崁這時才意識到，從他們今天見面算起，這是賴文雄說的第二句話。

不過林崁並沒有提出心裡的疑惑，只是默默地看著賴文雄的下一步。賴文雄緩緩走向床邊，在床邊的一張椅子坐下，男孩渙散的眼神注意到了，黑亮的眼珠一下子閃過了一絲光芒，有一刻林崁以為他要說話了，但是並沒有。

「我是一名預言師，能預測到你接下來的每一步，如果你選擇挑戰我，那將會是徒勞的，而且這樣的挫折會毀了你的一生。」賴文雄緊握著男孩的手，溫柔而堅定地說：「相反地，你也能選擇踏實地過日子，並試著去追逐你的夢想。我不會告訴你將要追逐的夢想會是什麼，你現在有許多熱愛的事物，或許是其中一個，也或許不是，這要靠你自己去找尋。我甚至不會告訴你是否會成功，但是我能告訴你的是，追逐夢想是值得的，不管成功與否，值得的會是過程本身。」

林崁望著這一幕，她的內心有某個部分被觸動了。而男孩的眼神雖然依舊茫然，不過總感覺他聽見了，而且似乎也造成了一點影響。

「你的人生不會一帆風順，我不會告訴你將遭遇哪些不順。畢竟這就是人生，總是會跌宕起伏。不過我跟你說的是，無論是怎樣的困難，你終究能挺過去的。在未來最黑暗的時光裡，你要堅信，因為這是來自預言師的祝福。」賴文雄說完，誠懇地望著男孩的雙眼，拍了拍他的手臂，雖然男孩沒有回應他，但是他們之間有種不言自明的交流，賴文雄稍稍等了一會兒，然後緩緩站起身。

「我終於明白你是怎麼勸那些想自殺的人了。」林崁輕聲說。

「我也能理解，為什麼這樣會有效。」賴文雄望著床上的男孩，若有所思地說：「因為我也曾經想過自殺。」

「在成為預言師之前嗎？」林崁問。

「應該能這麼說吧！」賴文雄意外給出不確定的答覆：「我現在還是很迷茫。」

「一個人會想自殺，就是因為迷茫吧！」林崁說：「每一個活在痛苦中的人，都希望有那麼一個時間表，知道痛苦何時會消失的時間表。」

「而預言師，就掌握了這樣的時間表嗎？」賴文雄的語氣聽來充滿不確定。

「我不知道你是不是真的有這樣的時間表，我想我可能也無法了解你的迷茫，不過有件事情我很確定。」林崁望著賴文雄，誠懇地說：「我真希望林塹見過你，也希望更多像林塹那樣的人，能夠聽見剛剛那段話。」

「以預言師的身分嗎？」賴文雄問。

「對，正因為大家相信你是預言師，所以這樣的話才有效果。」林崁點點頭：「因為你給予的不是安慰，而是你真的看見了，你看見了他們平安長大的樣子，你看見他們未來遭遇到了什麼事，你讓他們確信一切都只是暫時的。」

「糟糕的一天。」賴文雄回應：「大多數的自殺事件，都只是因為『糟糕的一天』，很多人都知道這個道理，就連自殺者自己也知道，只不過要從這樣的感覺中抽離出來，還是需要很大的智慧。」

「或許，你是一座橋樑。」林崁說。

「或許吧！」賴文雄仍然是這種不置可否的態度：「不過在更多時候，當預言師試圖去改變一件事的時候，另一件事也同時被改變。有時候，情況未必會變得更好，而是變得更糟。」

「你是說蝴蝶效應。」林崁說：「不過既然是預言師，應該能預知道事情是如何變糟的，要嘛就是去防止糟糕的情況發生，要不然就是更消極一點，從一開始就不要去改變。」

「我曾經遇過一件事，我預見我即將拯救的自殺者，在後來成了殺人犯。」賴文雄意味深長地看向林崁：「如果是妳，妳會怎麼做？」

「你是在暗示林塹的事嗎？」林崁起了防衛心：「那你怎麼做呢？」

「妳知道他自殺的時間，是在我獲得預言能力之前。」賴文雄搖搖頭：「那件事我無能為力，抱歉讓妳覺得不舒服，我只是想要知道妳的想法。」

「既然有預知的能力，為什麼不避開這段不舒服的對話呢？」林崁嘲諷道。

「有些事情是不能避免的。」賴文雄沒有被激怒，但是也沒有正面回答。

「你如果是預言師，就能避免所有不好的事，只要你真有心。」林崁又追問：「如同上面那個問題，我會先拯救那名自殺者，然後再避免他犯罪。這兩件事並不衝突，如果我有能力，我會去拯救所有人。」

「但是我只有一個人，我或許能看見一切，不過我沒有辦法分身。」賴文雄說：「我是全知，可是我不是全能。」

「說了這麼多，你還是想說你對林塹的事無能為力？」林崁有些惱怒。

「其實，我想說的是，因為我們來到了這裡，有些事情改變了，我們等一下要去面對另一個棘手的問題。」賴文雄眼神中充滿了疲倦，接著走向房門：「如果我的預言沒有錯誤，那現在應該要出發了。」

「什麼事情？」林崁邊問邊跟了上去。

「剛剛馬紗綾在車上跟你提過，要對付預言師，應該要怎麼做吧？」賴文雄領在前頭走著，穿過站滿警察的長廊，頭也不回地問。

「自殺嗎？」林崁不確地回答，轉頭望向逐漸遠離的病房門。

「更之前呢？」

「綁架案？」林崁這才終於明白，不過又隨即升起另一個疑問：「可是，那不是都派人處理了嗎？」

「那是在我動身前往這裡之前，所有會發生的綁架案。」賴文雄說：「可是我決定來到這裡，而且是帶著大隊人馬過來。當有心人士知道這個訊息之後，會認為這是個絕佳的機會，從這裡發起的綁架案最有可能跟我直接談判。」

「就在這裡嗎？」此刻他們已經走到電梯前，林崁指了指地面。

「不完全是，不過就在對街的公園，離這裡也已經很近了。」賴文雄按開電梯門，讓一行人走了進去。

「這樣派樓下的警察去不是比較快嗎？」林崁想起地下室的護衛隊。

「也不需要這麼趕，因為事情還沒有發生。」賴文雄按下一樓的按鈕：「而且對方是注意到車隊的動靜才來的，地下室的一舉一動現在都被監視著，派他們去反而會打草驚蛇。最好的方式，就是我們親自現身阻止。」

「你的出現不會更打草驚蛇嗎？」林崁問。

「只要簡單喬裝就好，對方不會想到我會出現。」賴文雄堅定地回應，從口袋裡拿出了一頂鴨舌帽戴上。對林崁而言，這樣的喬裝沒有太大的意義，不過因為賴文雄的長相本來就沒有太大的特色，所以對外人來說，可能很難一眼認出。

「就看你安排吧！」林崁也沒想要繼續質疑，畢竟賴文雄的預言能力已經被驗證過許多次。

「馬紗綾，等等幫我注意一位穿著牛仔外套的男性。」賴文雄接著說。

「逮捕他嗎？」林崁問。

「不行，在對方沒有任何行動之前，我們都沒有辦法逮捕。」在賴文雄回應之前，馬紗綾先代替他回答。

「這就是這類事情困難的地方，我們必須要等到對方犯罪後才下手。」賴文雄進一步解釋：

「畢竟預言沒有法律效力，而且，犯人身上攜帶的通常不是違禁品，而是小刀之類無傷大雅的東西，所以只有真正下手時才能逮捕。」

說到這裡，電梯已經抵達一樓，一行人穿過了醫院的大廳，途中路過了許多看病的民眾，賴文雄果然沒有被認出。反倒是幾個人認出了林炭，林炭不得不戴起口罩，避開那些人的注目。

「我看到了，什麼時候行動？」馬紗綾在接近醫院大門前停了下來，林炭順著馬紗綾的目光，穿越大廳的落地窗望向對街，的確有一名穿著牛仔外套的男子，看似漫無目的地在公園中走著。

「他原本的目標是坐在長椅上的女性，妳想辦法和那位女士交換位置，讓自己成為目標。」賴文雄湊到馬紗綾耳邊，壓低聲音說。

「交給我吧！」馬紗綾說完，便大步向公園走去。

「莎莎不會有事吧？」許立威在一旁擔憂地問。

「什麼時候就叫得這麼親暱了？」林炭一臉嫌惡地白了許立威一眼，然後又繼續監看著對街的狀況。

「她在警校時拿過自由搏擊冠軍，可別小看她了。」課長在一旁安慰道。

「她是警察，我一點都不小看她。」林炭意有所指地望向許立威：「倒是有些人，總把女人當花瓶，不相信女性的專業水準。」

「我只是好意。」許立威望著遠方：「那個男人要動手了。」

林炭也順著許立威的視線望過去，馬紗綾不知道什麼時候已經坐到了長椅上，而身穿牛仔外套的男子此刻也正緩緩接近她。馬紗綾就在長椅上滑著手機，看起來毫無防備的樣子。就在相隔只有兩步的距離時，男子的右手伸進外套口袋裡，雖然不知道口袋中裝著什麼，不過肯定是不祥的東西，而此時的馬紗綾還在滑手機，就連原本抱有信心的林崁也忍不住倒抽了一口氣。

而接下來的事情，幾乎是同時發生。

男子的手從外套中抽出來，同時手上多了一把短刀，並迅速往前架到馬紗綾的脖頸。而馬紗綾同時間抓住了男子的手，就如同事先預判一樣，行雲流水地將手中的短刀擊落，接著順勢將整隻臂膀往前拉，藉著這個勢頭做了個過肩摔。

沒等男子落地，林崁一行人便跑了起來，等跑到馬紗綾身邊時，馬紗綾已經在替男子上手銬了，她抬頭對趕來的夥伴燦笑：「這對我來說太簡單啦！」

被制伏在地的男子，看到這樣的大陣仗，起初是疑惑。他先掃過眼前的每一張臉，只在林崁身上停留了幾秒鐘，對賴文雄的臉幾乎沒多做停留。但是在掃視過一遍之後，才又忽然發覺不自然的地方，回頭又看了賴文雄一眼，接著慢慢瞪大了眼，眼神中滿是雀躍：「預言師，沒有想到你親自來了，果然我的計畫只差臨門一腳吧！」

「沒有，目前全國已經有十七個像你這樣的案子，你並不特別。只是因為我剛好人在附近，所以順道來看看而已。」賴文雄的表情異常地漠然，林崁還從沒看過賴文雄表現出這個樣子。

「可是你還是得承認，這樣的想法很聰明吧！」相比而言男子很是熱情，一點都不像是剛被逮捕，反倒像獲得了什麼獎賞。

「不要浪費時間了，你得不到你想要的結果的。」賴文雄無情地說。

「我已經很接近了吧！所以你才會這樣說！」男子還是沒收住臉上的振奮：「你會這樣說，

是害怕我終於想到最終的解法，怕我……」

「不，你還差得遠呢！」賴文雄硬生打斷他的話，轉身便要離去。

「你贏不了的，不要小看人類！」男子衝著賴文雄的背影大喊道：「你不過是運氣好而已，小心一點，你總有一天會遭到報應的！等到上天把你預言的能力收回去，我要讓你付出代價！」

賴文雄沒再回應，而這時地下室的車隊也開了上來，包含他們搭的那輛廂型車。課長接手了駕駛座的位子，而馬紗綾把犯人交接給其他刑警後，也跟著其他人一起走向車隊。

「為什麼你和剛剛在醫院時的態度完全不一樣？」林崁向賴文雄問道。

「這種人沒有必要對他客氣。」賴文雄的語氣聽來十分不悅。

「沒想到預言師還會生氣，我以為你已經看破一切了。」林崁說。

「有些事不管看幾遍，都是會生氣的。」賴文雄冷冷地回應。

「那我們接下來要去哪裡。」林崁也沒打算繼續追究，拉開了廂型車的車門。

「我想……」賴文雄還沒說完，遠處傳來了巨大的聲響，地面也產生了不小的晃動。那聲音不知道是從何處來，賴文雄四處看了看，也不能確定騷動的來源，直到一個短暫的停頓後，從一行人的身後傳來了尖叫聲。

「發生了什麼事？」馬紗綾這句話是對著賴文雄問的，可是後者沒有回答。騷動是來自公園的另一頭，因為草木和設施的遮掩，沒有辦法完全看清。

「看起來是有人跳樓了。」一名刑警跑著過來向課長報告，並看向賴文雄。

「怎麼可能？我沒有聽到這件事……」賴文雄的表情有些茫然，望著騷動的方向，自言自語著。

「先護送賴文雄上車！」馬紗綾立刻下了決斷，趕著一行人坐進廂型車。

而就在此時，街道上又傳來了另一聲巨響。這次他們終於看清楚了，因為墜樓者就落在他們面前，那景象有些慘不忍睹，就像裝滿穢物的嘔吐袋在地上炸開了花，噴濺得到處都是。

林崁下意識別過頭，因為她想到了林塹。

「課長，開車！越快越好！」馬紗綾拍了拍課長的肩，隨著一聲引擎的悶吼和強勁的後座力，廂型車就像一支箭一樣彈射了出去。

林崁透過後照鏡望向賴文雄，賴文雄此刻的表情仍舊很迷茫。

「你知道現在是怎麼回事嗎？」林崁對著賴文雄的背影問。

賴文雄沒有回應，只是看著前方。馬紗綾也感受到了不尋常，拍了拍賴文雄的肩，說：「嘿，現在到底是怎麼了？」

「我不知道。」賴文雄如大夢初醒般轉過頭，但是仍舊一臉恍惚。

「我注意到，剛剛你說沒有『聽到』這件事。」林崁提示道：「我記得你曾經說過，你的預言能力是透過閉上眼睛，就能看見未來的景象。可是你剛剛說的是『聽到』，而不是『看到』。」

「現在這已經不重要了……」賴文雄搖搖頭。

「不，這很重要。」林崁堅持：「我們現在面臨的是預言師都沒有辦法處理的危機，搞清楚這件事情，比任何事都要來得重要。」

「妳不是不相信嗎？」賴文雄苦笑著：「不相信有預言師。」

「我是不相信神，但是我想要相信你一次。」林崁說。

「事實就是，我騙了大家，我不是我聲稱的那種人。」賴文雄回應：「我不是神的代理人，不是預言師。」

「那之前那些是什麼？」林崁問：「高明的騙術嗎？」

「不，那些預言都是真的。」賴文雄搖搖頭。

「我不懂，那為什麼你不是預言師？」林崁疑惑道：「怎麼會預言都是真的，而你又不是預言師，這兩件事要怎麼同時成立？」

「因為我是預言師的代理人。」賴文雄回答。

「預言師的代理人？」馬紗綾瞪大了眼：「真的預言師在哪？」

「不對，這還是不能解釋現在的情況。」林崁搖搖頭：「既然預言師真的存在，那為什麼他沒有預知現在的狀況？為什麼會放任這兩起自殺案的發生？」

「所以我才會說，我沒有『聽到』。」賴文雄有些疲倦地回答。

「你是用聽的？他跟你說了他的預言？」馬紗綾激動地問。

「沒錯，我和他一直都用電話聯絡。」賴文雄相對而言就顯得冷然：「他告訴我他的預言，然後由我告訴警察，解決案件。」

「為什麼？」林崁問：「為什麼他不直接告訴警察就好。」

「我也問過他，」賴文雄回答：「他說我是『變數』。」

「可是如果他是預言師，就不應該有變數。」林崁再度搖了搖頭：「如果他真的是預言師，那他就能預知這世界上的一切，這一切包括你。包括你聽見預言後的任何決定，他不需要多此一舉。」

「今天就發生了，這就是變數。」賴文雄望向前方，彷彿墜樓者還躺在前方地面上：「我阻止不了那兩個人的死亡。」

「那也不是因為你，那只是因為他沒有事先提醒。」林崁說。

「說不定是我沒有在聽。」賴文雄晃了晃腦袋，顯得很自責：「說不定是我的某個決定，造成了預言師也看不見的蝴蝶效應。」

「不可能，如果他真的是預言師，就不會發生這種事。」林崁不認同：「你如果沒有在聽，他會知道；你做了什麼決定，他也會知道；沒有什麼看不見的蝴蝶效應，他都會知道。這世界對他來說，就是透明的。」

「可是這還能有什麼解釋，事實都擺在眼前了。」賴文雄絕望地說。

「人們看見的未必是真的事實，更何況我們都沒見過真正的預言師。」林崁仍舊十分冷靜：「還記得我跟你說過，預言師不可能是因為意外才曝光的吧！那時候我質疑過你出面的目的，現在，我想這個問題應該丟給你背後的那個人。」

「為什麼曝光預言師的身分嗎？」賴文雄問。

「對，既然他是全知的，他就可以預見身分的曝光，那這就不會是意外，而是帶著某種目的性的。」林崁堅定地望向賴文雄：「但是身為一名預言師，有什麼目的是非得透過曝光才能達成的嗎？」
「妳說過，當個政治家，或是當個神。」
「那是氣話，到了這種程度，根本不需要這些東西。」林崁搖搖頭：「他不需要依靠報明牌收穫名利，他只要自己去買彩券就好。至於要當個政治家，也不需要曝光身分，預言這種能力有很多其他運用的方法。」
「那到底還能是為什麼？」賴文雄問。
「運氣好的話，或許他會自己回答。」林崁說著望向前方：「但是，如果運氣不好，答案就得自己找。」
「什麼風把妳吹到這裡？」孫德普在桌子的另一頭望向林崁，林崁腦海中浮現了一個詞：「男性凝視」。不過林崁也明白，這並不只是男性對女性的凝視，更像是狩獵者對獵物的凝視。
「我遇到了一點困難。」林崁坦承道。
「所以是遇到了困難才來找我？」孫德普故作難過地說：「我上次要妳去查周朔，我想妳應該是去了，但是後來就一直沒消息。老實說我有點傷心，我想知道，妳到底看到了什麼？」
「我只是覺得應該先理清一些思緒。」林崁說。
「我想，周朔應該知道妳來找過我，畢竟他在這座城市是全知全能的。」孫德普繼續按著自己的步調說話：「如果我是他，如果他真的是預言師背後的始作俑者，那就應該對妳挑撥離間。」

「我沒有全盤相信他的話，就如同我沒有全盤相信你。」林崁從容地回應：「在那之後，我也沒再見過他，遇見困難後我第一個見的人是你。」

「然後再來會是他嗎？真有趣。」孫德普笑著搖搖頭，但是在擺動身體的當下，手上的手銬竟然沒有發出一點聲響：「我沒有要妳宣示忠誠，我只是在告訴妳事情的各種可能，妳可以有妳的選擇。」

「那我能說說我遇上的困難了嗎？」林崁乾脆地問道。

「我喜歡直接的人，不過先讓我猜猜，有什麼事情會讓妳不得不直接找上我。」孫德普仰頭沉思了一下，接著說：「我想，是預言失靈了吧？」

「怎麼猜的？」林崁努力壓抑驚訝的情緒，在掠食動物前應該避免示弱。

「這是很自然的，我們都懷疑過他為什麼要出面，也懷疑過為什麼近幾年的自殺率又悄悄回升。」孫德普不疾不徐地回答：「這兩個問題導致了共同的答案，也就是預言師最根本的問題，他的預言不靈了。」

「這跟他出面有什麼關係？」林崁問：「出面難道能讓他的預言變靈嗎？」

「我不太了解其中的細節，不過這可以用簡單的反證法得出答案。」孫德普說：「如果預言師能夠預知一切，那他不需要出面就可以得到他所想要的一切，那麼反過來說，當他必須出面時，代表他的預言不靈了。」

「我以為他應該要躲得更深才對，」林崁說：「就像一隻受傷的小鳥。」

「不過如果一隻鳥只是一直躲著不飛翔，等待他的只有死亡。」孫德普意味深長地回應：

「這時候我們就得想想，預言師的預言到底出了什麼問題。首先，這不會是衰老，或者預言師自身的問題，如果是他自身的問題，透過出面也無法解決。因此得出了一個結論，這個問題肯定來自外部，某個我們所不知道的存在影響了預言師的預言。」

「怎麼可能有這種東西？」林崁問：「我以為這世界對他來說就是透明的。」

「的確可能存在，而且從古文明中就有記載。」孫德普的眼神變得飄忽，讓人捉摸不透：「預言師是全知全能的，他是帶著神的訊息而來的，每件事都有對立面，而相對他存在的，就是『敵基督』。」

「你現在是要跟我談論宗教史嗎？」林崁有些不可置信地望著他。

敵基督，英文稱antichrist，與基督（Christ）是相對立的存在，雖然廣泛流行於基督教世界，卻是早在猶太教的聖經中就存在的名詞，因此在定義上也有很大的歧異。首先猶太教並不認為耶穌為基督或彌賽亞，並認為妄以彌賽亞自居的人便是敵基督，因此雖然現實中很少人如此引申，但就定義上來說，耶穌也可稱作猶太教裡的敵基督。而基督教則認所有否認耶穌為彌賽亞的人為敵基督，因此相對而言，猶太教也可稱作是基督教眼中的敵基督。

然而現實中人們對這兩大定義中的敵基督反而沒興趣，希特勒、歐盟、甚至教皇都曾被指認為敵基督，判定標準相當分歧。有些人認為敵基督是一群人，只要傷害教義者便是，有些人則認為敵基督特指一個人，這個人和基督同樣能行神跡，只是力量源自撒旦而非上帝，利用奇術蒙騙上帝的子民，在最終審判時將會被神所拋棄，這或許也成了中世紀女巫大審判的理論背景。

而孫德普指的「敵基督」，明顯是後者，如此一來預言師豈不成了基督？林崁仔細觀察他說話的表情，比起單純的崇拜，孫德普說這話更多是出於戲謔，而戲謔的對象，正是那些將預言師視作神的人。

「宗教，或許只是歷史的某一種表述方式。」孫德普回答。

「所以你認為，這世界上可能還有另一個預言師？」林崁望著孫德普，試探著問：「一個代表惡魔的使者？」

「既然都接受預言師的存在，那兩個預言師會讓人很意外嗎？」孫德普微笑著反問，不過又很快搖搖頭：「不過很可惜，這也不是我們想要的答案。試想，兩個預言師的戰爭會是什麼光景？同樣是預言師，誰也不會高過誰，雙方都能在預見未來之後更改自己的決定，如此以來，誰也沒法確定對方最終會怎麼做，未來又回歸不確定性，預言能力等於化歸於無。但是以目前的狀況，除了幾次失誤以外，預言能力似乎都能很好地作用，看起來不像是受到另一名預言師的干擾，因此可以否定這種可能。」

林崁有點進入狀況了，孫德普剛剛是用嚴謹的邏輯，證明了這個世界上只會有一個預言師的存在。

「或許是我的智慧不夠，我實在想不出凡人能夠擊敗預言師的方法，對於預言師來說，我們或許不過是滿地爬的螞蟻，最多就看不順眼而已，幾乎無法造成他一點威脅。所以一個人要騷擾預言師，至少得具備一項非常人的能力，問題就在於那項能力到底是什麼？」孫德普略略往後仰頭，手上的手銬仍然沒有響過：「預言師看似神通廣大，其實也有許多弱點，看過『死亡筆記本』這套漫畫吧！名字被寫到筆記本上就會死，除非預言師能夠阻止名字被寫到筆記本上，否則只要名字被寫到筆記本上，按照規則上來說，就算連預言師也無法阻止吧！」

「可是『死亡筆記本』只是一套漫畫吧！」林崁忍不住反駁。

「在這之前，我們也以為預言師只是神話吧！」孫德普冷笑：「要解開當前的謎題，就應該拋下一切成見。沒有什麼是不可能存在的，只有利用嚴密的邏輯一一去除不合理的假設，才能得到背後隱藏的真相。」

「福爾摩斯嗎？」林崁雖然語氣不以為然，不過也接受了孫德普的想法。

「要解答敵基督究竟擁有什什麼能力，就必須從對方留下的線索下手，而這些線索顯然就隱藏在這些事件之中。」孫德普的視線掃視過桌面，彷彿回到林崁上次來這裡時，桌上擺滿文件時的情景：「這應該就是預言師和敵基督交手過的證明，透過他們之間的互動，就可以推測他所擁有的能力。妳之前拿來的資料，其中有幾件是預言師錯過的自殺案件，有些還留下了藍鯨的圖騰，我認為，答案就隱藏在那些案件之中。」

林崁當然也想過從這些資料下手，畢竟她曾經懷疑預言師和「藍鯨」脫離不了關係。林崁甚至還質問過賴文雄，賴文雄只說那是無法避免的事，不過考量到他並不是真的預言師，這樣的說法應該有所保留。而在那幾起自殺事件裡，沒有出現預言師的匿名報案電話，如果說這是雙方交手的證明，那預言師等於是直接舉雙手投降了。

「或許妳也發現了，預言師在這些案件中完全沒有出手，這其實說來也十分合理，如果預言師能預見自己的失敗，那一開始根本就不需要出手，所以重點應該在於，究竟是什麼原因讓他退縮了？」孫德普接著說：「過去一年的幾次自殺事件大多是跳樓，剩下的就是吃了安眠藥後上吊，或者是直接吃安眠藥自殺。前者只要一瞬間，警方只要錯過就救不到了，後者大多將房間反鎖，而且用衣櫃擋住。很明顯的，是要拖延警方進入的時間。」

「預言師最不缺的就是時間。」林崁忍不住問：「『敵基督』難道不知道嗎？」

「這個問題的答案，要從另一個疑點說起：那些自殺的人，大多是不受重視的人，自殺時只要選得家裡沒人的時候，反鎖房門就好，為什麼還要設下重重障礙呢？」孫德普提問完後自己給出答案：「唯一的可能，就是他們知道預言師的存在，至少這個敵基督是知道的。可是這裡又產生另一個疑點，既然知道預言師的存在，直接讓自殺者跳樓不是更省事嗎？就像之前說的，跳樓只要一瞬間，只要錯過就救不到了。」

「他在測試預言師的能力嗎？」林崁猜測道。

「表面上的確可以說是這樣，這是給預言師的挑戰書，而預言師卻直接以白旗作為答覆。」孫德普說完，又若有所思地搖搖頭：「不過實際上，跳樓和安眠藥自殺，對於預言師來說有差別嗎？如果是一般人，的確有救援時間的差別。不過對預言師來說，時間是沒有意義的，重點只在於他是否能夠正確預知道事件的發生。所以如果敵基督的確知道對手是預言師，這樣的挑戰根本沒有任何意義。」

「那又是為了什麼？」林崁問。

「為了讓我們這麼想，讓我們認為預言師舉白旗投降。」孫德普冷冷一笑：「雖然依照理性來說，預言師預知道了自己的失敗，又或者是沒有預見到事件的發生，所以才沒有出手，但是從感性的角度來看，這就是一種見死不救。」

「敵基督的目的就是要破壞預言師的名聲嗎？」林崁開口後就後悔了，因為她發現自己也用了「敵基督」這個字眼。

「或許是，也或許不是，不過這是目前想到最好的解釋。」孫德普饒口地說著：「不過更讓人好奇的事，他是怎麼做到的？而預言師為什麼會什麼都做不了呢？預言師過去一直以匿名電話報案，從這個角度想，如果敵基督事先買通當地刑警，要警方不作為或是延遲救援的話，那匿名報案就起不了作用了。但是，預言師難道就沒其他方法了嗎？」

「要救一個人，不一定要依靠警察。」林崁回答：「而且，就算想盡辦法還是救不到人，也能透過被買通的刑警回推對手的身分。找到線索後透過匿名信檢舉，這應該是預言師熟悉不過的事。」

「沒錯，他既然能匿名舉報我，當然也能這樣對付敵基督。這麼說來，不管敵基督是透過什麼方法得手的，預言師只要知道敵基督的身分，就可以用這種方式輕易地解決對手，而他卻沒有這麼做。」孫德普的語氣中不帶有個人情緒，而是冷靜地剖析案情：「於是這裡出現兩種可能：第一，是預言師無法鎖定敵基督的身分；第二，是預言師雖然知道了敵基督的身分，卻因為某些原因無法下手。」

「難道預言師是想動員所有人的力量，去找出這個人的身分嗎？」林崁問。

「這的確是一種可能，不過，他並不需要真的這麼做。」孫德普搖了搖頭：「他是預言師，他只要在腦海中想像自己做了這個決定，然後到未來偷看答案就好。也就是說，這並不需要在現實中實際發生。」

「所以，這個可能性被否定了？」

「沒錯，我認為答案是第二種可能。」孫德普用被銬著的右手比了個二。

「預言師知道了敵基督的身分……」林崁注意到自己又提到了那個詞：「卻因為某種原因而無法下手嗎？」

「沒錯。」孫德普簡短地回應。

「這怎麼可能呢？」林崁不以為然地往後直了身子。

「這是最合理的解釋了。」孫德普很堅持。

「那會是一個怎樣的人？」林崁不可置信地搖搖頭。

「一個超出我們理解範圍的人。」孫德普回答：「就像我之前所說的，既然我們已經接受預言師的存在，就應該放開心胸接受一切可能，只要不存在邏輯上的矛盾，就不應該完全排除。而目前最合理的假設，就只有這個了。」

「不過這個答案也太空泛了吧！這幾乎什麼都有可能了。」林崁仍舊無法認同：「你既然說了死亡筆記本，那也可以說這個世界存在超人，甚至耶穌轉世都有可能。」

「不，關於死亡筆記本，只要預言師不要洩漏身分就不會死。而超人也只是形體上的強大而已，在預言師面前還是不堪一擊。」孫德普一臉正經地回應：「要說誰能戰勝預言師，可能也只有耶穌的勝算大一些。」

「你太瘋狂了。」林崁搖搖頭。

「不，要解開這個謎題，還需要更瘋狂一些。」孫德普直視著林崁的眼睛說道：「除此之外，妳不好奇自己的弟弟為什麼會捲入這個事件嗎？」

「我現在還是毫無頭緒。」林崁抬起頭，有些驚訝孫德普突然提到這件事。

「真的嗎？我倒是覺得我有了一些假設。」孫德普意味深長地說。

「什麼假設？」林崁還是很疑惑。

「既然是假設，就需要證據去做驗證。」

「你需要什麼證據？」林崁問。

「我想要去回顧妳的人生。」孫德普給出了一個意外的答案。

「回顧我的人生？為什麼？」林崁仍舊一臉迷茫。

「這整件事情最讓人不解的地方，就是在妳弟弟身上發生的那些事。」孫德普回答：「到底是誰綁走了妳的弟弟？到底是誰能夠犯下綁架案而不留痕跡？甚至連預言師都無法阻止？更重要的是，這起綁架案的目的到底是什麼？」

「我也很想知道答案。」林崁垂下眼，第一次在受訪者面前示弱。

「後來，賴文雄去了妳的節目。儘管看起來很像意外，但是預言師能事先看見一切，我覺得這或許是某種特別的安排。」孫德普說：「從妳弟弟到妳自己，我隱隱有一種感覺，整件事情的真相或許就藏在妳的經歷之中。」

「可是這也太廣泛了吧！我都快三十歲了，你要我從何回想起？」

「不需要太長，妳弟弟是在十五年前自殺的，從這裡開始回想就好了。」孫德普看林崁又要出聲抗議，於是先制止了她：「我只想知道一件事，在妳生命中消失的那些人，後來都發生了什麼事？」

「你的意思是，像林塹那樣嗎？」

「我是有個假設，但是我希望妳先不要抱有特定立場。」孫德普說完，像是要結束話題般直起了身子：「總之，先去找找看吧！或許找了一輪還是沒有找到結果，不過，也或許會因此獲得意外的真相。」

賴文雄忘記自己是怎麼回到家的，當他回過神時，已經坐在家裡的書桌前，一臉失神地望著桌上的電話，而且似乎已經坐上好一陣子了。他的腰有點痠，背有點疼，他挪了挪屁股，捶了捶肩膀，然後又看向桌上的電話。

除非是辦公室，很少人會在桌上放電話。一來是因為太佔空間，二來是現在手機十分普及，私人電話很少會透過市內電話。如果是在大學畢業以前，賴文雄也不會如此。然而，這幾年漸漸成了習慣，反而桌上沒電話心裡就不踏實。

現在會響嗎？除了預言師，誰也不會知道。

賴文雄當然也不知道，因為他不是預言師，電話那頭的人才是。

如果預言師是神，那他也絕對不是神，最多只是神在人間的代理者。當時在說這句話時，想傳達的就是這個意思，但是不會有人懂，因為人們還是把他當作預言師，把他當作是神。

賴文雄盯著電話，內心祈禱著：無論是誰，要想繼續下去，就指引我吧！

為什麼被選擇作為預言師，為什麼被選擇作為神，賴文雄始終不明白，也問過了許多次，每次都沒獲得令人滿意的答覆。與其說被選擇，一部分也是自己的選擇，在警局門口那天，他就決定了自己的命運，決定以預言師的身分活下去。

是因為預見到他會做出那樣的自白，所以才被選中的嗎？

「因為你是『變數』。」

記得第一次問這個問題是，電話那端是這麼說的，那時的賴文雄情緒十分低落，因為一個他曾經阻止的自殺者，之後又決定要自殺，賴文雄開始思考阻止自殺的意義是什麼，又憑什麼剝奪一個人逃離世界的權力。

世間所有的善惡，皆是種下此因的菩薩的善惡。

然後他向電話那端嘶吼：「為什麼選擇我？為什麼逼我做出這樣的選擇？那些匿名電話，憑你一己之力就能完成，為什麼要拉我進去這場遊戲？」

「這也是我想問的，但是我沒得選。」

這句話帶著深沉的哀傷，讓賴文雄忍住了反駁的衝動，肅穆地聽完了接下來的話：「我沒得選，因為只要閉上眼睛就會看見，但是以我一人之力來決定這個世界的走向，終究是不公平的，所以我需要你，一個『變數』。」

賴文雄當時被說服了，不過後來想想也不太對，在預言師眼裡，根本就不存在真正的變數，然而賴文雄也不想跟他爭了。因為他明白，預言師不過是想要有個人能理解他，能為他分擔痛苦罷了。

但是當時他絕對沒想到，自己還必須扮演起預言師的角色。

匿名報案者掀起討論時，賴文雄隱約就有不好的預感，但是每次開口問時，電話另一頭總是支支吾吾，儘管真正的預言師不應有猶豫的時刻。直到警方鎖定嫌犯的消息走漏，才傳來那個徹底改變命運的指令。

「你就承認自己是預言師吧！」

有什麼好承認的，我不是預言師，你才是。賴文雄的第一反應就是如此，不過他也隨即明白過來了，電話那頭的人是要他說謊，至於是為什什麼，對方沒有繼續透露，只是說一切交由賴文雄決定，雖然預言師早已看見他的決定了。

命運跟宿命的區別是什麼，就算自己決定，也可能早已是命中註定。

不過賴文雄的確做了選擇，在前往警局的前一晚，坐在警車的路上，賴文雄一直在思考著各式的選擇，雖然他知道所有的思緒都會收斂成一個決定，而他也明白那個決定早已是命中註定。

一直到自白前，他都還在做選擇，所以才有了那個停頓。

「其實，我是一名預言師。」這句話出自他口中，又不像是由他說出口，帶著這個疑惑，他走進了警局，也跳入了他所選擇的命運。

這時，電話響了。

「早上到底是怎麼回事?!」賴文雄接起電話劈頭就問。

「我還沒辦法跟你說確切發生了什麼。」電話那頭的人說，此刻一點都沒有預言師的威風：「我只能告訴你，光靠我的能力無法阻止那件事情。」

「光靠你的能力？」賴文雄苦笑，那傢伙究竟知不知道，自己擁有的是怎樣的能力，那是人人都想擁有，幾近全知全能的能力，如果他的能力也有無法辦到的事，那這世上恐怕沒有其他人能辦到了。

「我是個逃犯。」電話傳來的聲音極為低沉，彷彿來自深淵，嚇得賴文雄不禁一震。逃犯？賴文雄不明白這句沒頭沒腦的話究竟打哪來，只能繼續聽下去。

「很抱歉讓你假扮預言師，但這是不得不做的決定。」

賴文雄很驚訝對方竟然會說出這種話，畢竟他已經習慣了對方的全知全能。

「我看過各種未來，也看過命運的各種可能。因此明白一件事，預言能力儘管能拿來救人，它最終不免都會成為一種武器。」像是要強調似的，他用慎重的語氣又補一句：「無論如何都無法避免，即使那不是出於我的意願。」

「我能做的，就是不斷隱匿自己的蹤跡。不過就算不聲張自己的預言能力，透過自殺率和犯罪率等數據分析，一些直覺敏銳的人也可能會意識到我的存在。如果他們又才智超群，假以時日，他們當中的一個絕對會找到我。或許你會說，就算其中一個找上我，也未必是壞人吧？但我的能力之於人類社會，就如新鮮肉塊之於鯊魚群，當他們蜂擁而至時，就算能提前預知頭幾隻的動向，也不過是杯水車薪而已。我能改變命運的細節，卻無法阻擋時代的走向和人類的慾望。」

「為什麼突然說這些話？」賴文雄忍不住問，原本他只想知道今天早上到底是怎麼回事而已。他現在忽然有點想知道，電話那頭那個掌握一切命運的人，為什麼忽然一改常態，變得像是背負著宿命一樣，如同古往今來的數萬億人，悲哀地任憑命運擺布。活著，只為了如音樂盒般走完既定的流程，如果這世上有神，我們也不過是他們的遊戲，甚至只是桌上的擺飾。

「就當作是道別吧！」那人冷不防地說。

「道別？」賴文雄從疑惑轉為詫異：「為什麼？」

「我現在就是個逃犯。」那人又重複了先前的話：「我已經透過你，向全世界證實了預言能力的存在。我看過各種可能，無論如何嚴密防守，最多只需要一個月，我的行蹤就會被一組人隨時掌握，之後會越來越多，並且動用各種招數獵捕我。儘管透過預知能力能逃脫大多數的追捕，就算理論能行，我的體力也有耗盡的一天。於是一年後的未來幾乎確立了，要不就自殺，不然就是替某個組織幹些骯髒的勾當。」

「所以，你現在要跟我切斷聯繫嗎？」賴文雄還是無法理解：「既然早知道會這樣，那為什麼一開始又要公開？為什麼又要找上我呢？」

「你會知道答案的，」那人說：「現在我只想請求你相信我。」

「請求我？」賴文雄苦笑，預言師居然說了「請求」，一個能夠預知對方行動的人，肯定知道自己的要求會不會得到回應，他不需要「請求」，這只是個形式而已，他早就了然於心。

「沒錯。」電話那頭的人誠懇地說。

「那接下來怎麼辦呢？」賴文雄沒有想繼續爭論下去，他想到更棘手的問題：「我沒有了你的預言，我還要怎麼繼續假扮預言師？」

「只要說出真相就好。」那人的語句又變得精簡，彷彿剩下的都不言自明。

「說出真相？」明明是那個人要他說謊，現在又要他說出真相？賴文雄彷彿從魔法中醒悟過來，剛剛好不容易將那傢伙視為有血有淚的人類同伴，現在又回到高高在上的神壇，隨心所欲地指揮著他的子民，也不管他們願不願意。

「相信我。」那人又這麼說，而賴文雄偏偏就最討厭這句話：「在發生早上那些事之後，人們更願意相信你不是真的預言師。」

「也是。」賴文雄嘆了口氣，又回想起早上的場景，現在仍舊心有餘悸：「所以到底是發生了什麼事？你的能力為什麼出問題了？這麼大的事情，你不可能會沒有事先看見，那也不是無法阻止的事。」

「很遺憾，我的確無法阻止。」電話那頭給出了讓人絕望的回答。

「為什……」賴文雄沒有把問題說完，因為他忽然想到一種可能：「難道，這世界上還有其他預言師？」

「沒有。」沒想到這個問題迎來了乾脆的否決：「你聽過預言師悖論嗎？」

「預言師悖論？」賴文雄忍不住重複了那個詞。

「如果這世上存在兩個預言師，那也太哀傷了。」那人沒有直接回答他的問題，反而說出了更讓人摸不著頭腦的話語：「如果這世上存在兩個預言師，由於他們的意志絕對不會完全相同，那他們所預見的未來又是怎樣的情景呢？就像樓梯間的電燈一樣，樓上樓下各有一個開關，但是如果樓上希望關燈，而樓下希望開燈，那會怎麼樣呢？難道是忽亮忽暗嗎？」

賴文雄的思緒受那傢伙的話語牽引，想像著燈光閃爍的樓梯間。

「對於樓梯的電燈來說，的確是忽明忽暗，但身為預言師，理論上要能預測燈泡最終的狀態，理論上也要能預測對方的最終選擇，不過兩人的期望卻是矛盾的，就如上下相反的波在一條繩上相遇一般，兩人的預言能力也將互相抵消。」

雖然不十分清楚細節，但賴文雄大概明白那傢伙想傳達的意思，假如這世上存在兩個預言師，當他們對未來的期望相反時，未來便會因此回歸不確定性，兩人對於未來的預知能力也會同時消失。

「如果這世上存在兩個期望相反的預言師，他們根本察覺不到自己擁有預知的能力，就如同沒有預言師一般，所以這世上的預言師如果有預見能力，那他必定也是唯一一個。或許你會問，如果是期望相同的預言師呢？乍看之下可行，現實中卻相當困難，畢竟就算多不相干的兩件事，也會透過蝴蝶效應一環扣一環，到最後總會連到某個樓梯間的電燈。如果要做到兩個預言師期望完全相同，而且決定完全不相干，只能是神的安排，如此一來，就代表我們所做的一切早在創世之初就安排妥當，就算是看似有自由意識的預言師，也不過是宿命的一環。」

如果真的是這樣，那就太哀傷了。

賴文雄這下明白了，不是透過「預言師悖論」，得出這世上沒有其他預言師的結論，而是因為「預言師悖論」，所以寧願相信這世上沒有其他預言師。至於另一個更哀傷的可能，如果兩個預言師受宿命安排，互不相干……

等等，不可能會互不相干，賴文雄忽然想到：「既然你已經公開預言師的存在，那如果存在另一名預言師，也不可能完全不受影響吧？」

「沒錯，所以至少就目前來說，我就是唯一存在的那名預言師。」

第四章
人間煉獄

「雖然賴先生擁有預知能力，但是還不能稱為先知。根據經典，神蹟也可能是惡魔的偽裝，所以要分辨一個人是不是上帝派來的使者，必須謹慎衡量他的行為所帶來的結果，如果是好樹就會結好果實，壞樹就會結壞果實。」

——莊福助牧師

林崁站在一棟舊公寓前，忽然有點恍神。這雖然是她從小長大的地方，但是因為多年沒回來過，總覺得有些陌生。不過畢竟在記憶中深刻地存在過，又有一股怪異的熟悉感，就如同轉世記憶那般似曾相識。

林崁望著公寓前的水泥階梯，當年林塹就是摔在這裡。抬頭往上看，還可以見到林塹當年摔落的陽台，就在三樓的鐵窗後頭。林崁到現在還是覺得那樣的高度頂多摔斷腿，但是因為林塹磕到了腦袋，於是成了植物人。

公寓的鐵門旁掛著一座電鈴，電鈴上安著三排按鈕，每個按鈕上面寫著住戶的編號。林崁的手指在五樓B座的按鈕上懸了許久，正當猶豫著要不要按下的時候，鐵門冷不防往裡頭打開了。

「林崁，妳來啦！」開門的是一名中年婦女。

「阿姨好。」林崁望著那位婦人禮貌性地微笑。

「這不是我們的大名人嗎？回來找爸媽啦！」婦人熱情招呼著，上前攬著林崁的手，就要往大門裡拖。

「沒關係，我自己來就好。」林崁客氣卻堅定地鬆開了婦人的手。

「沒事，阿姨就不打擾妳了，歡迎來阿姨家坐坐喲！」婦人有些尷尬地退了幾步，上下打量著林岓，勉強擠了個微笑：「這麼多年沒見，都長這麼大了，還記得阿姨以前還抱過妳呢！」

「是啊！我還記得。」林岓心不在焉地點點頭，沒打算繼續再延續話題，只是默默注視著對方。

「那我先走囉！有機會再聊。」婦人也識趣地擺擺手走出了大門。

望著鐵門再度關上後，林岓呼了一口氣。此刻她是在門內了，雖然少了按鈴這一關，望著一旁的樓梯，林岓還是沒辦法下定決心，呆愣了半晌，才沉重地提著腳踏上了階梯。

這棟舊公寓陪伴她走過了人生的大半時光，從童年到少女，每個角落都藏著回憶的痕跡。彷彿一場互動式的展覽，只要輕觸隱藏的按鈕，就會播放出人生的其中一段剪影。而林岓在青春期過後就停止成長了，所以身體還存有著這個空間的肌肉記憶，不過又有著朦朧的距離感，彷彿這個記憶是被刻意植入的，她的身體此刻存在著兩個不同的人格，並且正互相對望著。

在思索的當口，林岓已經走到了五樓，不需要特意找尋，她的雙腳就將她帶往五樓B座門前，那扇再熟悉不過的漆紅色鐵門。林岓還記得青春期的她，總覺得紅鐵門上的細欄杆像牢房，總深深鎖住了想往外逃的她。

林岓望著一旁的灰黑色門鈴，再次遲疑了起來。

林岓站在那裡靜靜等著，心中期望著出現轉機，就如同在樓下出現的那個阿姨，讓她省去了按鈴的尷尬，儘管換來的是另一個形式的尷尬，不過至少有了一個契機。不過她這次在紅鐵門前站了許久，鐵門並沒有自動開啟，甚至沒聽見門的另一側有任何動靜。林岓甚至研究起旁邊的鎖匠貼紙，她忽然有股衝動想打電話請人開鎖，就像是一名忘記帶鑰匙的少女。

可是她並不是，她已經長大成人，而且站在一座已經不屬於自己的家門前。

林崁輕輕撫著紅鐵門上的疙瘩，她覺得自己甚至還記得每個疙瘩的細節，儘管這樣的想法並不現實，因為就連她住在這裡的時候，也沒有這麼仔細摸過這扇鐵門。然後她嘆了口氣，轉過身。

然後門開了，有人在背後輕輕喚著她……

不，這件事並沒有發生。

這樣的想像比先前還要更加超現實，她站了這麼久都沒開門了，憑什麼偏在她轉身時才開門？這不過是肥皂劇會有的情節罷了，儘管她正是抱著這樣的期待而轉身，她也知道這樣的期待幾乎是不可能。

於是她又回過身面向鐵門，她不是真的想離開，反而期待大門能夠為她敞開。她再次把手懸到門鈴上，她多麼想假裝自己只是一名忘記帶鑰匙的少女，而那扇門背後是焦急等待著她的父母親。

只要按鈴，門就會熱絡地為她開起。

可惜她已經不是那樣的少女了。

而那扇門背後，是已經對她心死的父母親。

更重要的是，她其實帶著鑰匙。

林崁從口袋中拿出一把有些鏽痕的鑰匙，那是昨天從雜物堆中翻找出來的。儘管這麼多年，老家的鎖應該早已經換了，畢竟，爸媽本來就知道她常弄丟鑰匙，肯定會在她離開後換鎖。不過，她昨天還是費勁地把鑰匙給翻出來了。

接下來她要做的事，更加不現實：她把那把生鏽的鑰匙插進鎖孔。

鑰匙順利推入了，她心裡先是一驚。接著她抖著手轉動了鑰匙，才轉了一小格就卡住了，她才鬆了一口氣。

果然換鎖了吧！

放鬆心情後，她拔出了鑰匙，出於好奇又插入鑰匙試了一次。

喀。

門向外彈了出來，差點撞上了她的臉。

她低頭望向手上的鑰匙，鑰匙插在鎖孔上，順時針轉了大半。林崁的手抖得比剛剛更厲害了，她忽然有些不知所措，就像是登門入室的小偷。她望著眼前微開的門，頓時不知道該做些什麼。

過了半晌，她才輕輕拉開門，裡面是另一扇壓花的黑鐵玄關門，她從口袋掏出了另一把鑰匙，這次很快地解開了第二道門鎖。然後她將手抵在門板上，輕輕推開了那扇門。

她彷彿進了時空隧道，眼前的景象和過去並無二致。

「回來啦！」屋裡傳來一聲中年婦女的呼喚。

我回來了。林崁很想這麼說，但是沒有說出口，她只是愣愣地站在玄關，拖鞋擺放的位置和她離開時並無二致。她望向熟悉的客廳，除了擺飾做了些微的挪動，大體上還是她記憶中的那個樣子。

「怎麼了嗎？」或許是沉默太久，屋裡的中年婦女傳來疑惑的聲音。

林崁想要回應，卻像被人封住了嘴；她想要往前，又像被人拖住了腿。於是，她轉過身，拉開來時的那扇玄關門，狼狽地逃了出去，兩扇鐵門在她身後發出巨大聲響，在五樓的長廊中迴盪，一直傳到老舊的樓梯間。而她就像被這個聲音追趕一般，一路跑下樓，跑出了公寓的大門，跑出了公寓所在的窄巷，一直跑到巷子外的大街上。

她心神不寧地在騎樓下走著，彷彿一名逃家的少女，就如同過去的她一樣。

「怎麼了？」耳邊傳來的這聲提問，把林崁嚇得一震。

她一開始以為是母親追來了，因為這和剛剛在屋裡聽見的話相去無幾。但是稍稍沉澱下來後，林崁就意識到那聲音是渾厚的男聲，而不是母親的聲音。於是她轉過頭望向聲音的來源，發現一名頭戴鴨舌帽的男子正走在她身後。

「什麼怎麼了？」林崁繞口令般反問。

「妳看起來有心事。」男子抬起頭，林崁一開始還是有些恍惚，然而，仔細一看後，才發現那名男子正是周朔。只是周朔今天沒有一身白西裝，而是年輕人的休閒打扮，看起來一點都不像那個讓人望而生畏的黑幫老大。

「繼續往前走，我們邊走邊聊。」周朔命令式地說，儘管在這樣的外表下，他的要求還是讓人難以拒絕。

「你怎麼會在這裡？」林崁轉過身，配合地往前走。

「來找妳的，我們長話短說。」周朔跟在林崁身後一段距離，用恰到好處的音量說著話，這樣的音量不會太大，足以隱沒在周圍的人車聲之中，不過又不會太小，剛好能傳進林崁的耳裡。

「我想你是收買了監獄的人，聽見我和孫德普的對話吧？」林崁也試著控制自己的音量，不過她很快發現這不容易，所以聲音忽大忽小的：「你也懷疑真相和我的過去有關係？」

「不完全是這個原因，我是來跟妳交換情報的。」周朔沒有正面回答：「賴文雄不是真的預言師，預言師另有其人，這件事妳就沒跟孫德普說吧？」

「他對他的神學理論很投入，所以我就沒來得及說。」

「妳也在提防他，」周朔說：「妳不想讓他知道全部的真相。」

「沒錯。」林崁乾脆地回應：「我不相信神，我也不確定我現在能信任什麼人。你和孫德普都一樣，你們好像都有著各自的目的，可是我覺得我沒有完全看清。」

「妳很誠實。」

「我不會對顯而易見的事實說謊，那太愚蠢了。」林崁穩定地往前走著，一點都不像被人跟著：「所以你打算交換什麼情報？」

「這個路口左轉。」周朔冷不防地命令道，左轉後接著說：「我幾乎知道所有妳知道的事，所以其實稱不上交換情報，就是分享我這邊的訊息。我只是想跟妳說，我早就知道賴文雄不是預言師，比妳還要早。」

「所以你是來炫耀的？」林崁沒好氣地問。

「不，我是來跟妳說我怎麼知道的。」周朔沒有因此發怒，平靜地繼續說：「我很早就開始監視著賴文雄，包括監聽了他的電話，我很驚訝沒有人想到這件事。既然預言師是透過電話轉達信息，那要發現真相並不難。」

「不過你一直沒說，也沒有戳破。」林崁忍不住稍稍偏過頭，不過又很快看向前方：「就連那個懸賞令，你懸賞的也是賴文雄，而不是預言師。」

「那個懸賞令不是我發的，這我得再強調一次。」周朔冷笑道，頓時讓林崁覺得背後一涼：「不過就像妳一樣，在還沒完全搞清楚狀況前，我不會把牌全部打出來。畢竟，我也不知道我能信任誰。」

「那你現在可以信任我？」

「這個路口左轉。」周朔忽然又命令道，然後才接著說：「不，就像之前一樣，我只是覺得我們可以合作。現在除了警察，也沒有誰能像妳這麼接近預言師了。」

「我以為警察對你更方便一些。」

「或許是，不過我還是需要一些客觀意見。」周朔依舊不冷不熱：「長話短說，總之我錄下了預言師的聲音，切成幾個片段去做了聲紋分析。結果發現，那個聲音並不是人類的聲音。」

「那是誰？耶穌嗎？」

「沒有，我沒有耶穌的聲音可以比對。」周朔仍然就事論事：「不過我有軍方的資料庫，那個聲音和軍方的一組資料吻合。可是那組資料並不是人聲，而是人工智慧語音，它可以模擬人類說話的抑揚頓挫。」

「你的意思是，預言師是人工智慧？」林崁有些驚訝。

「不是人工智慧，我們的軍隊還沒有那麼高科技。」周朔說：「只是帶有人工智慧的語音，這個軟體會判斷句子的情緒，在聲音中加入變化。不會像過去的人工語音那樣死板，聽起來就跟真人一樣。」

「以預言師的能力，要把這套軟體偷出來並不難。」林崁瞬間變得掃興。

「技術上來說不難，不過要想到這樣的辦法，而且還要知道軍方有這樣的東西……我覺得從動機來看，似乎暗示著什麼。」

「預言師有軍方背景？」林崁問。

「我只是想提醒妳有這樣的可能性，剩下的，妳就得自己找答案了。」

「又是這樣嗎？」林崁想起了上次的對話：「你就是提供各種可能性，讓我去證實。不過相對而言，以你的資源和實力，你應該更容易找到答案吧？」

「我需要一個不一樣的視角，不過我當然也不是只有提問題。」周朔戳了戳林崁的後背，將一隻藍芽耳機遞向前，等林崁接了過去後說：「我剛剛說過我監聽了預言師的電話，妳難道就不好奇，他是怎麼解釋上次的失敗嗎？」

林崁很快把耳機戴上，因為她是真的很想知道，那天究竟是怎麼回事。

這麼長時間你應該也開始相信，這世界上存在著科學沒有辦法解釋的事情。

這是林崁第一次聽見預言師本人的聲音，聲音聽起來十分溫潤、沉穩。雖然明知道這是軟體製造出來的人工語音，不過林崁還是忍不住想像著，這聲音背後會是怎樣的人。

這世界既然存在著預言師，當然就可能存在著其他超能力者。在這之前，你或許會認為預言師掌握著未來的走向，應該是沒有弱點的。但是如果考慮到這世界還有其他超能力者，這個論點就沒有辦法完全成立。

這點和孫德普的推斷相同，林崁隱隱感覺到，他們將導向同樣的結論。

至少，如果有一名超能力者能剝奪預言師的能力，那預言師就會毫無用武之地。所以在天馬行空的各種可能性之下，預言師其實並沒有想像中那麼強大。而偏偏在現實中，就真的存在這樣的超能力者。

「誰？」

有那麼一刻，林崁以為自己內心的聲音被具象化了。冷靜後才發現，那是錄音中賴文雄所提出來的疑問，只是碰巧和林崁的想法一樣。

附身者。

預言師終於給出了答案。

如果預言師被附身，附身者就相當於獲得了預言的能力，而預言師則失去了能力。也就是說，這樣的能力對預言師來說，幾乎有著壓倒性的優勢。

就算不直接附身在預言師身上，預言師也對附身者無能為力。就比如自殺，如果附身者願意，他可以讓全世界的每個人依序跳下樓，而預言師只能看見這樣悲慘的未來，卻沒有一點辦法。如果那一天真的到來，將會是人間煉獄。

而那一天，就是這樣的情況。就算阻止了一起自殺案，附身者還是能操控另一個人從別處跳樓。而先前那些阻止不了的自殺，也都是如此。

那些阻止不了的自殺，也都是如此。

林崁期待著預言師繼續說些什麼，但是錄音到這裡結束了。林崁又等了許久，直到周朔在背後拍了拍她的肩膀，她不情願地把耳機遞回去：「就只有這樣嗎？他們沒有提到林塹？」

「很遺憾，並沒有。」

「我以為你是因為聽了錄音，才會認為我的過去是關鍵。」

「下個路口左轉。」久違地命令又從背後傳來，周朔接著說：「我沒有這麼說，那是孫德普說的。」

「那你又是怎麼想的呢？」林崁問：「賴文雄曾經跟我說，他當年無論如何都無法阻止林塹被人帶走。暫時把這句話當作實話，這樣看起來，這很有可能也是附身者的犯罪。附身者可以操控一切，得以讓無辜的人為他犯罪，也能湮滅一切證據，而這所有事情，預言師都無能為力。可是又為什麼是對林塹做這種事？這麼大費周章到底是為了什麼？」

「妳覺得會是什麼？」周朔反問道。

「追本溯源，林塹的自殺，也有可能是附身者的傑作。」林崁說：「如果是這樣，代表林塹是附身者犯罪的倖存者。儘管成了植物人，但是他畢竟是活下來了，或許掌握了什麼關鍵。」

「一名植物人，能掌握什麼關鍵？」周朔又反問：「而且附身者的能力既然能夠壓制預言師，要殺害一名植物人，能有多難？」

「我不知道，可是我也想不出其他更合理的解釋了。」林崁喪氣地說。

「下個路口左轉。」周朔又命令道，接著說：「妳終究會找出答案的，妳只是需要一點時間。」

「你的語氣聽起來像是你知道答案。」

「我只是擁有信念，這是多年來支持我活下去的理由。」周朔溫和地說：「妳也該相信些什麼，人生太長了，需要一點信仰。」

「我不相信神，也不相信鬼。」

「還有其他值得相信的東西。」周朔忽然停下來，走在前頭的林崁差點就離他而去，不過她很快也停下腳步：「比如說，我真的覺得妳該回家看看。」

停下後，林崁覺得周圍的街景異常熟悉，這才發現他們又走回老家的巷子口。林崁轉頭望向巷子內，發現母親正站在公寓大門前東張西望，就在她望向這邊時，林崁機警地往後退一步，才沒有被母親看見。

「為什麼……」林崁轉過頭想說些什麼，卻發現周朔早已不在身後。

「在妳生命中消失的那些人，後來都發生了什麼事？」許立威讀著手機上的訊息，疑惑地望向林崁：「妳什麼時候開始研究這種矯情的問題了？」

「你別管這麼多，幫我查就是了。」林崁冷冷地回應。

「妳把我當成啥了，小圓嗎？」許立威顯得不高興：「別忘了，我可是一名有頭有臉的節目製作人。現在大家都在關心上周預言師失手的事件，等等就是賴文雄的記者會，誰有心情幫妳做小學生的暑假作業。」

「你幫我查，我就答應替你串場。」林崁說。

「這有點吸引人……」對許立威來說，這當然一樁不錯的交易，林崁可是少數專訪過預言師的主持人，由她來進行記者會播報的串場，是再適合不過的事。不過許立威還是假裝考慮了一下，才回覆：「好吧！我答應妳。」

「給我開一個棚，記者會多久開始？」林崁說著便開始動身。

「半個小時後，我等等給妳腳本。」

「你知道我不需要。」林崁丟下這句話，頭也不回地就往專屬休息室走去：「我剛剛問的問題，三天內就給我答案。」

「哪這麼簡單啊！」許立威在後頭抱怨：「誰知道妳生命中遇過哪些人？」

林崁沒有讓他繼續說下去，很快地走進了休息室，用厚重的房門阻隔了外界的紛擾。賴文雄的記者會是大事，外頭已經瀰漫著煩躁的氣氛，只要有一個環節出錯，很可能就會影響到好幾個人的工作，這也是許立威反常跟她頂嘴的原因。

林崁不需要太多準備，她就只是脫下大衣，把一旁的西裝外套穿起來而已。

不過林崁也沒有立刻往外走，而是坐了下來，望著梳妝鏡裡的自己。她思索著孫德普提出的問題，那幾乎像個謎語，如同周朔提出的那些假設。虛無飄渺，才更像是人們過去所熟悉的神諭，而不是賴文雄給出的那些明確的預言。不過，很諷刺的是，越是精準的預言，因為沒有一點神祕感，聽起來越像是假的。反倒是那些模糊不清的神諭，才更像另一個世界所傳來的訊息。

林崁想到這裡，搓了搓臉。接著拿出口袋裡的筆記本，那是她原本絕對不會使用的東西，不過現在上面記滿了數不清的名字，那些都是在她生命中曾經出現過，又消失的人。一些人的名字下面寫了動向，更多則是一片空白。

她從另一個口袋裡拿出了手機，接著撥通了筆記本上的一組電話號碼。

「您好，我是林崁，是您女兒彭安柔的高中同學。」林崁極為客氣地說：「抱歉突然打電話打擾，我只是想知道，要怎麼聯絡上安柔？」

「妳從哪裡得到這支電話的？」電話那頭的聲音倒是很不客氣。

「我是她的好朋友，以前聽說她爸爸是做廚師的，所以從網路上用名字找到了您。」林崁這是在說謊，為了查到這組電話，她動用了一點關係。不過彭安柔的確曾經是林崁的好朋友，只是某天突然一聲不響地轉學了，從此消失無蹤。

「妳會這麼說，代表妳至少有十五年沒有跟她聯絡了吧？」

「的確，我已經很久沒見到她了。」林崁刻意說得模糊。

「那為什麼現在突然想要找她？」對方警戒地問。

「因為我要結婚了，」林崁又撒謊：「我想邀請她參加婚禮。」

「我想不是這樣的吧！」沒想到這個謊言立刻被對方拆穿：「我剛剛查了一下，妳是叫林崁，對嗎？妳根本就是個記者，妳到底想做什麼？」

「我是訪談節目主持人。」林崁糾正對方：「而且，我提出的問題，和我的身分沒有關係。這只是私人的請求，我的確是她高中的同學，這點你可以跟學校確認。而我也的確曾經是她的好朋友，這件事你問她就知道。」

「可是妳明知道我沒辦法問她。」對方冷冷說完這句話，就掛上了電話。

聽著手機傳來的嘟嘟聲，林崁頓時陷入恍神。對方彷彿看透了她的心思，一下就知道她十五年來都沒有跟彭安柔聯絡過，也幾乎是一下子就知道她另有所圖。差別只在於，林崁並不是以媒體人的身分打這通電話的。

林崁鋪平了筆記本，在「彭安柔」這個名字下，寫了「父親」兩個字，然後又加了一個問號，接著才闔上筆記本。她思索著自己是從哪裡開始出現破綻的，也思索著對方怪異的反應。

「妳至少有十五年沒有跟她聯絡了吧？」

「可是妳明知道我沒辦法問她。」

這兩句話在林崁腦海中迴盪著，她隱隱有種不祥的預感，卻又說不上來。彭安柔是林崁高中時期的好朋友，不過是家長最不放心的那種。因為彭安柔，林崁在學校裡混了幫派，還跟著一起抽菸喝酒。就是因為這樣，林崁的叛逆期比一般人還要更加轟轟烈烈，也因此在家裡上演過無數次激烈的爭吵。而正是如此，才會讓林塹關起房門，把自己和家人隔絕了開來……

林崁想到這裡，發現眼角默默滑過了一滴眼淚。她抹了抹臉，看了手機的時間，她顯然沒有辦法沉思太久，於是收起了桌上的筆記本，打理好西裝外套後，就往休息室外走去。

「崁姊。」一走出休息室，就遇上了站在門邊的小圓：「我聽說崁姊要擔任記者會播報的串場，想問有什麼是我可以幫忙的？」

「應該不需要，小事情而已。」林崁揮了揮手。

「還有一件事跟崁姊報告，」小圓看林崁就要走向攝影棚，急忙跟了上來：「之前崁姊要我查的彭安柔，已經有結果了。」

「真的嗎？」林崁驚訝地瞪大眼睛：「她現在在哪？」

「她……她不在了。」小圓顯得有些侷促，嘴角蠕動了一下，才又接著說：「她十五年前就因為吸毒過量死了。」

「死了嗎？」林崁雖然有些震驚，不過又有種恍然大悟的感覺。這就能解釋彭安柔父親的反應了，因為女兒早已經死了，所以林崁這十五年來不可能跟她有過聯絡。而且是以這麼不光彩的方式死去，自然也不希望記者找上門。

十五年前，彭安柔不聲不響地消失，並不是因為轉學，林崁今天才知道真正的原因，而轉學只不過是校方掩飾的說詞。對照彭安柔在記憶中的形象，吸毒過量致死似乎又不是一件讓人這麼驚訝的事。

在妳生命中消失的那些人，後來都發生了什麼事？

這本身就是一個謎題。而林崁沒想到的是，在她過去沒有關注到的角落，其實正發生著比這個謎題更加懸疑的事情。林崁忍不住開始懷疑，這就是孫德普的目的，儘管他根本不可能知道林崁的過去。

林崁隱隱有種感覺，當她挖掘得越深入，就越會發現許多不得了的事情。

「謝謝妳，我先去棚內，之後有其他結果再跟我說。」林崁刻意轉移話題，站穩腳步走向走廊盡頭的攝影棚，透過壓克力窗可以看見，裡頭因為時間的逐漸接近而顯得紛亂，不過這可能都比不上林崁此刻內心的動盪。

「以防萬一，還是給妳一份腳本。」林崁才剛踏進門，許立威就拿了一疊文件走上前來：「雖然我知道妳不需要。」

「只有我一個人嗎？」林炭四處望了望：「這次沒有特別嘉賓？」

「嘉賓安排在記者會後的談話節目，我想妳不會喜歡的。」許立威有些慚愧地苦笑：「妳的工作就是負責串場，填補記者會的空白時間，觀眾這種時候不會希望人多嘴雜。但是妳不一樣，妳幾乎也是這起事件的主角。」

「那我還真驚訝你沒想過要找我。」林炭挖苦道。

「那是因為妳從來都不喜歡這樣的工作。」許立威聳聳肩，然後指著攝影棚中央的白色高腳椅：「快去吧！另一個棚的主持人快cue到妳了。」

林炭也沒再多爭論，就往許立威指的方向走去。儘管這是「炭炭而談」的攝影棚，不過工作人員已經換了一批，變成了新聞台的編制。燈光也調暗了一階，看起來就像是節目結束後的採訪。

「上去吧！就隨便說點什麼。」許立威催促著說。

「隨便說點什麼。」林炭苦笑著，不過也並不是毫無辦法，轉頭對許立威說：「你總是這樣，以為這句話有什麼魔法。」

「妳就是我的魔法。」許立威臉上是篤定的微笑。

林炭沒再多說什麼，直接走向了專屬她的白色高腳椅。她望向攝影機，旁邊的電子提詞板一如往常地沒有開機，只有許立威在一旁比著數字，五、四、三、二、一，當許立威握起拳頭時，林炭幾乎分毫不差地同時開口。

「大家好，我是林炭。」林看望著鏡頭說：「過去，預言師只存在虛構的電影或小說之中，直到上個月，這樣的存在變成了現實，一名男人宣稱自己就是預言師。這樣的聲明雖然並非前所未見，不過和過去不同的是，賴文雄的預言，並沒有含糊的成分，而是可以明確驗證真偽的論述。而在許多雙眼睛的注視下，他的預言也都一一應驗，動搖了我們目前所認知的科學和神學。」

許立威指了指攝影機旁的螢幕，畫面明顯是記者會現場，螢幕的那一頭橫著一張會議長桌，長桌上面擺著幾支麥克風，不過目前還沒有坐著人，只有閃光燈不時騷動著。許立威這時打著暗號，示意主角即將進場。

「不過就在上周，這起事件出現了轉折。」林崁也很快進入重點：「原本應該看透一切危險的預言師，卻無法阻止兩起自殺案件在他眼前發生。這其中究竟是出了什麼問題？在沉寂多天之後，賴文雄今天將首次露面說明。」

螢幕中的閃光燈顯得更加躁動，果不其然，幾秒後賴文雄就走進了畫面之中。林崁沒有戀棧，用眼神示意許立威直接切換畫面。雖然畫面很快切換了過去，不過許立威打手勢要林崁注意表情管理，顯然林崁還是會出現在子畫面中。

「大家好，我是賴文雄。」畫面裡的賴文雄看來有些疲倦：「就算大家已經不再信任我，我也能夠理解，我也無意利用怪力亂神謀取任何利益，但是有鑑於讓大家更能夠了解接下來要說的話，還是請大家相信，預言能力是存在的。」

「當然，這樣的信任也不會是毫無憑據的。」賴文雄接著略略彎下腰，從桌子下舉起了一塊紙板，那紙板上有著一段網址，和一塊QR code，相對於躁動的閃光燈，賴文雄只是平靜地說著：「這個網站上有一張氣象預報表，列有各縣市氣象站所在地的即時氣象，內容包含氣溫、雨量、相對溼度，時間跨度自今天開始，一直到七天後，時間精確到秒。」

「我們的世界，存在著現在科學無法解釋的現象。」等閃光燈稍停，賴文雄接著說：「未來的七天，大家對照著網站上的天氣預報時，或許就能漸漸接受預言能力的存在，也能夠漸漸理解我所說的話，和上週的那起事件。」

這世界上存在著科學沒有辦法解釋的事情。

林崁專注地望著畫面，聽過周朔的錄音檔之後，林崁明白賴文雄正在轉述著預言師的話。儘管提前知道了結果，林崁還是覺得不可思議，從來不相信鬼神的她，赫然發現到，這世界正以她無法理解的方式運行著。

「一如預言師的存在，在這世界上，也存在著擁有其他能力的人。」賴文雄果然繼續說了下去，這句話也理所當然地引起了騷動，鎂光燈又開始瘋狂地閃著：「除了預言師，還存在一個可以稱作『附身者』的超能力者。」

「預言師很早就察覺到『附身者』的存在，所以才不願意公開露面，而是利用我作為代理人。因為他預見到了，如果自己親自出面的話，『附身者』將透過他獲得預言能力，如此一來，之後將不再有可能制裁這一個超能力犯罪者。」賴文雄這次沒有等閃光燈停下，而是自顧自地繼續說著：「如今附身者既然已經現身了，為了避免對方透過我的嘴巴做出不實預言，我今後將不再替預言師發出任何聲明。」

接著，賴文雄把手上的紙板立在桌上，鄭重其事地說：「而這份天氣預報，就是我提供給大家的最後一份預言。」

或許是聽見了「最後」，台下的記者一下子就騷動了起來。

「之後預言師要如何解決附身者的犯罪？」

「預言師知道附身者的身分嗎？」

「預言師會親自出面嗎？」

然而，賴文雄並沒有回答任何一個記者的問題，就逕自起身離開了。一切就像是影片倒轉一樣，閃光燈從騷動漸漸恢復沉寂，最後，只留下空無一人的會議長桌，桌上的幾支麥克風也陸續被人領走。

畫面跳轉到林崁身上，這樣猝不及防的轉場，即使是林崁這樣優秀的主持人，一下子也不知道該如何反應，出現了一兩秒的空拍。不過林崁很快又恢復狀態，接著說：「對於上周的事件，賴文雄在剛剛給出了說法，並留下了最後的預言。至於這樣的說法是不是就是真相？就要等時間來解答了，我們也會持續追蹤事件的後續。現在，我們把鏡頭交還給主播。」

林崁話音剛落，攝影師就把鏡頭轉開，棚內的燈光也轉至全開。

「太荒謬了，這樣的說法一看就漏洞百出。」許立威有些忿忿不平地走上前：「既然預言師知道附身者的存在，也為這件事情做出這麼多的防範，為什麼在最後一刻放棄了？」

「我以為你是預言師的信徒。」林崁冷冷一笑：「既然一看就漏洞百出，那為什麼還要這麼說呢？反過來說，明知道很荒謬還是選擇說出口，或許事情的真相就是如此荒謬。」

「這是詭辯，這樣多荒謬的說法我們都得接受。」許立威不認可地搖搖頭：「而且我不是預言師的信徒，只是因為之前的說法都合情合理，所以我才選擇相信。」

「那現在呢？你還相信預言師的存在嗎？」林崁問。
「我現在不確定了。」許立威嘆口氣。
「可是他之前所做出的預言都應驗了，這還不夠嗎？」
「或許只是運氣好吧！」許立威回應：「某種倖存者偏差。」
「好吧！的確，這麼多人聲稱自己是預言師，總會有個歪打正著的。就像是猴子在打字機上敲打，總會寫出一篇莎士比亞。」林崁聳聳肩：「但是賴文雄留下了一個東西，讓我們可以驗證這個想法。」
林崁指著一旁的小螢幕，一群人正拿著手機掃螢幕上的QR code。
「天氣預報嗎？」許立威望著林崁手指的方向說：「那又能怎樣？」
「如果之後的氣象預報都準確無誤，代表預言師是真的存在的。」
「然後呢？也只有七天的預報，能拿來做什麼？」許立威不以為然地說：「他不會再提供其他預言了，我們知道這七天的天氣又有什麼意義？」
「這是個證明，如果證明了預言師的存在，或許附身者也是真的存在的。」
「證明他存在又有什麼意義，我們能拿他怎麼樣？我們甚至連他是誰都不知道。」許立威想想後，接著說：「這麼說來，我們其實也不知道真正的預言師究竟是誰。」
「我覺得，這或許是一個求救訊號。」林崁鄭重地說。
「求救訊號？」許立威一臉疑惑。
「這一次，預言師或許需要我們的幫忙。」

「誰？」許立威更迷惑了：「我們誰有辦法幫助他？」
「所有人。」林崁回答。
「比起幫助預言師，我更需要預言師的幫助。」馬紗綾一臉疲倦地對著林崁說，把一杯咖啡推到林崁面前：「需要來一杯嗎？」
「我早上喝過了，謝謝。」林崁推辭道。
「也是，我現在比妳更需要。」馬紗綾說著把咖啡杯拖了回來，然後拿起旁邊的一罐蜂蜜，舀了三大匙進去：「那天記者會後我們就忙翻了。」
「記者一直打電話來嗎？」林崁問。
「不，如果是記者就好了，這樣我們可以請公關室應付。」馬紗綾把加了蜂蜜的咖啡攪一攪，吞了一大口後才又說：「是犯罪啊！這才是最麻煩的地方，這種事情就得警察自己來了。」
「犯罪？」林崁這下不明白了：「有人去找賴文雄麻煩嗎？」
「這倒也不是問題，反正之前來找麻煩的人也不少。」馬紗綾揉了揉鼻子：「真正讓我們頭大的，不是這種小事，而是附身者的犯罪。」
「附身者的犯罪？」林崁問：「又有自殺事件出現了嗎？」
「不是像先前那樣的。」馬紗綾搖搖頭：「想想看，這世界上如果真的存在附身者，那對犯罪者來說是多麼方便的事？現在殺人放火，都可以聲稱自己被附身了，這對警察來說真的很困擾。」

「喔，原來如此。」林崁恍然大悟般點點頭，可是隨即又問：「那賴文雄呢？他沒有預料到這種情況嗎？預言師應該多少會有幫忙吧！」

「他已經不會再提供預言了，還記得嗎？」馬紗綾苦笑著又喝了一口咖啡：「那次記者會後他就沒再來過了，我們也沒有留下他的理由。畢竟，如果不提供預言，他就是個普通市民。」

「現在情況有多糟糕？」林崁問。

「如果不及時遏止這樣的風氣，有可能會變成人間煉獄。」馬紗綾若有所思地說：「這世界上最可怕的，從來都不是超能力者，而是人性。」

「真希望預言師留下一個名單，真正由附身者犯罪的名單。」

「這種名單是不可能存在的，因為只要讓附身者透過誰看見，這張名單就失效了。」馬紗綾搖搖頭：「現在預言師能預言的，就真的只剩下天氣了，因為附身者沒有辦法依靠自己的意志改變天氣。」

「所以我們真的什麼都不能做了嗎？」林崁嘆口氣。

「也不是什麼都不能做，」馬紗綾語帶保留：「至少賴文雄告訴了我們附身者的行為模式。」

「附身者的行為模式？」

「沒錯，關鍵就在於他只能操控一個人的軀體，可是對他的心靈和記憶無能為力。」馬紗綾接著說：「首先，被附身的人在當下的記憶是空白的，不會留下被附身的記憶；第二，附身者只能控制他人當下的行為，不能調閱這個人過去的記憶。」

「這對案情有什麼幫助嗎？」

「這幫助可大了，比如……」馬紗綾說到一半被打斷。

「莎莎，犯人到了。」梁課長這時走了過來。

「沒有律師吧？」馬紗綾放下手上的咖啡。

「當然沒有，一切都依照小姐的指示。」梁課長故作恭敬地彎下腰：「畢竟我們是類似『超能力對策課』的組織，做的是科學研究而不是犯罪調查，律師也能體諒這一點。」

「太好了，最討厭律師來攪局了。」馬紗綾說著便站起身。

「妳想一起來嗎？」梁課長望著林岑問。

「好呀！我也想看看現在究竟混亂到什麼程度。」林岑也跟著起身，隨著兩人一同走出了辦公室，接著問：「這是什麼案子？」

「嫌犯是一名酒保，凌晨收店時和老闆大吵了一架，吵完之後不歡而散。下午開店又跑到店裡，拿起吧檯的水果刀往老闆背後捅了好幾刀，最後老闆流血過多而死。」梁課長回答。

「聽起來是蠻尋常的案子。」林岑做了評語。

「不過偏偏發生在不尋常的時機，讓嫌犯有機會聲稱自己是被附身了。」這時三人已經走到了偵訊室的門口。

「岑姊和課長爺爺一起去觀察室吧！這裡就交給我了。」馬紗綾說著，指了指一旁的小門，自己則推開偵訊室的門走進去。林岑也沒多說什麼，就和課長走進一旁的觀察室，那裡有一大片單向窗可以見到偵訊室內的情景。

偵訊室此刻坐著一名男子，正雙眼空洞地望著門口，那正是馬紗綾走進來的地方。而馬紗綾剛走進門，還沒落坐就冷不防地說：「你根本沒被附身吧！」

「律師應該也跟你解釋過這是什麼地方了吧！」馬紗綾坐下後接著說，男子始終低著頭，儘管律師被支開了，不過男子大概被傳授「緘默權」之類的對策，看來是打算以不變應萬變，不過馬紗綾還是氣勢凌人地繼續說：「我說，其他地方就算了，你以為這裡是哪裡？我們這裡可是有預言師……的代理人喔！你真以為我們會沒料到這種事嗎？」

男子還是不為所動。

「我就跟你挑明吧！」馬紗綾雙手交抱在胸前，整個身體靠著椅背往後仰：「預言師提供了一整串附身者犯罪的名單，上面沒有你。」

「我是真的被附身了。」男子聽完這話終於抬起頭，大概認為這樣的回話無傷大雅，而且也禁不住馬紗綾的激將法：「預言師肯定是搞錯了，不然就是名單不完整。」

「預言師不可能搞錯。」馬紗綾離開椅背，把身體趨前，用讓人無法喘息的方式瞪著對方：「難道預言師不會預言到你說的這段話，然後事先調查嗎？」

「那就是名單不完整……」男子被這樣的問話打亂了節奏，小聲地說。

「你是不信任警察，還是不信任那個代理人？」馬紗綾轉過身，手扶著椅背橫坐著，還蹺著二郎腿，另一隻手在桌上叩叩地敲，如果忽略那甜美的外貌，完全就是從電影裡走出來的冷硬派刑警。

「或許就是搞錯了……」男子說話更小聲了。

「誰搞錯了？」馬紗綾咄咄逼人地問。

「聽著，」男子身體趨前，試著博取信任：「不管怎樣，我真的被附身了。」

「我要怎麼相信你？」就連外行的林崁都聽出了馬紗綾的暗示，馬紗綾這是要打破緘默權的防線，讓男子不再處於防守方，而是要更積極地提供更多案發細節，於此同時也更容易出現破綻。

「我可以告訴妳事情的經過，但我想要律師在場。」男子也很快做出應對。

「我不喜歡律師，我的同事也不喜歡。」馬紗綾堅決地搖頭：「如果律師進來，我就會把你送回去，然後他們就會按照正常程序處理。檢察官會把你的說詞整理給法官聽，或許找個精神科醫師來看你，看看法官願不願意相信。」

林崁這下完全明白了，馬紗綾這是在威脅。罪證確鑿的情況下，男子想要脫罪，一般的方法就是主張無責任能力。然而眼前就是一個意識清楚的成年人，而且也沒有精神病史，在正常程序下他就是個正常人。而他現在唯一的希望，就是證明自己被附身了，這樣的證明只能由馬紗綾的特別小組提供，因此無論男子是否真的被附身，這都是他最後一搏的機會，錯過了就不會再有了。

「好，那妳想知道什麼？」男子終於妥協。

「兩個問題。」馬紗綾很快開口，顯得胸有成竹：「何時開始？何時結束？」

馬紗綾顯然是在問男子被附身的時間，

「從進入店裡到老闆斷氣之後。」男子乾脆地回答。

「既然還沒被附身，為什麼當時要進去店裡？」馬紗綾問。

「我不想影響到工作情緒，所以打算在開店前先把事情處理好，而且如果老闆不讓步的話，我打算當晚就不工作了，根本不需要殺了他。」男子解釋道。
「是一進店門就被附身了嗎？」馬紗綾又問。
「沒錯，之後的事情都不記得了。」男子回答。
「等你回過神來時，發現老闆已經死了？」馬紗綾確認。
「而且我的手裡還拿著水果刀，所以嚇壞了。」男子點了點頭。
「然後你就報警，而不是逃跑？」馬紗綾的語氣聽不出來是不是在諷刺。
「我覺得不是我，如果是我做的，自首或許還能判輕一點。」男子似乎也不覺得那是諷刺，誠心把馬紗綾視作他最後的希望：「然後我跟律師坦承了一切，他提到了之前預言師開的記者會，覺得我可能被附身了。」
「你知道這個故事最大的問題是什麼嗎？」馬紗綾冷不防地說。
「欸？」男子的思維似乎一下子轉不過來。
「根據先前的案件還有預言師的說法看來，附身者只能操控軀體，但是不能操控記憶。首先就如你所說，被附身者不會留下記憶，所以你不記得案件發生的經過；再來就是附身者只能操控人，不能讀取那人的記憶，這部分就值得仔細推敲了。」
「這有什麼問題嗎？」
「你的故事從某個角度看來是相當出色的。」馬紗綾接著推理：「比方說，把附身時間設定在進門後，就不需要解釋為什麼附身者會走進那家店，也因為這樣，你只能用店內的水果刀，不然就得解釋為什麼要帶著刀。」

「才不是什麼設定……是真的被附身了啊！」男子奮力反駁。

「實在沒時間和你爭辯了，我就直接來說說那個破綻吧！」馬紗綾緩緩搖搖頭：「我剛剛說過，附身者不會讀取記憶，除非特意追蹤你，否則他不會知道你是那家店的酒保，比較可能會把你當作顧客，就算他知道你是酒保，也不會知道你們在凌晨的爭吵，而這麼一個局外人用你的身體進入那家店，會發生什麼事呢？就那位可憐的店主看來，一個跟他大吵一架的人，忽然進到店裡，而且意圖不明，他不會有所防備嗎？即使讓你接近吧檯的刀架，有可能『背後』身中數刀嗎？」

「他可能是偷偷摸摸地溜進去啊！」男子抗議道。

「以附身者的立場，他毫無理由偷偷摸摸，因為犯罪成功與否對他而言無所謂，而且作為一家酒吧，應該也會在門上掛有提示客人入店的鈴鐺，要溜進去也不是那麼容易的，最重要的，你是在進門後才被附身。」馬紗綾冷靜地分析。

「有意思。」在單面鏡的另一頭，梁課長微笑著點了點頭。

「所以真正的犯人，不是對犯罪是否成功無所謂的附身者，而是你。」馬紗綾那自信十足地宣告：「順便說一聲，因為用了附身者這個彆扭的藉口，你也讓自己的罪責加重了。」

「嗯？」男子雖然還不願承認，但還是掩不住疑惑的表情。

「想想看，既然你不是偷偷溜進去的，那又是怎麼讓被害人毫無防備地轉身呢？」馬紗綾的心情顯得十分愉悅：「是和他聊天吧！可是如果被害人僥倖活了下來，附身的謊言可就被拆穿了呢！」

代表他根本沒想要留下活口，殺意成立。

「不對，我是因為看見他死了才……」男子說到一半打住。

「噹噹！」馬紗綾發出怪異的聲音，大概是在模仿拳擊賽中場休息的鈴響，雖然她應該是想表達「擊倒」的意思：「現在確定你沒有被附身了，請離開吧！」

「妳這是非法取證，我有權要求……」男子激動地往前傾。

「才沒有什麼取證不取證的！」馬紗綾發出和平時反差極大的吼聲，男子嚇得退回座椅，馬紗綾這才恢復平常的語調：「不是說過了嗎？我們不需要做什麼，只要把你送回去就好。更何況，預言師的名單早證明了，剛剛只是陪你玩而已。」

馬紗綾說完，在男子還心神未定的時候，就走出了偵訊室。

「感謝莎莎，我們又解決了一起案子啊！」梁課長也立刻走出觀察室向馬紗綾道賀，接著轉頭對林崁說：「今天的事情就幫我們修飾一下，最好是不要流傳出去，不然還要應付媒體可就太麻煩了。」

「別擔心，我知道這麼做是有必要的。」林崁微微點了點頭。

「不過崁姊，賴文雄也沒有對妳透露什麼信息嗎？」馬紗綾停下腳步問：「如果這個事情一直沒有個結果，這種事情只會一再發生，但是我不確定高層能夠允許我們這種單位存在多久。」

「我就是個媒體人而已，他應該也不會跟我多透露什……」就在這時，林崁的手機響了，有那麼一個瞬間，林崁心中抱著一股希望，畢竟這樣的時機太巧合了。當她看見手機螢幕上顯示著「許立威」時，便覺得自己的奢望太過可笑。

不過她抬頭看了看眼前的兩人，發現馬紗綾和梁課長也不約而同地看著自己的手機，便苦笑著說：「抱歉讓你們失望了，我想我們現在真的太需要奇蹟了。」

「沒關係，妳忙吧！」梁課長立刻露出慈愛的笑容。

「不，你們才辛苦了。」林崁對他們點了點頭，等他們轉過身後便接起了手機：「怎麼了？」

「不要這麼冷漠嘛！好歹我也是在幫妳做事。」許立威抱怨道。

「你一個堂堂製作人，又不是只做我一個人的節目。」林崁挖苦道。

「我是說，妳之前要我查的事情，已經有結果了。」

「什麼事？」

「在妳生命中消失的那些人，後來都發生了什麼？」許立威意味深長地說。

「你說那個小學生寒假作業嗎？」林崁嘆了口氣，她原本以為是更重要的信息：「我以為你只是應付我，結果你還真的去查了？」

「當然，我怎麼敢應付妳？」許立威誇張地說。

「說吧！你查到了些什麼？」林崁懶得跟他演雙簧。

「還記得洪智堯嗎？那個原本跟妳搶著代班迦荷姊的小帥哥？」許立威雖然提了個問題，但是沒有等林崁回答後就繼續說：「他後來莫名其妙就消失了，我後來查了才發現，他是在一起車禍中喪生了。」

「還有呢？」林崁壓抑著情緒問。

「在妳一開始代班還沒有很穩定的時候，那時候節目部的經理威脅要妳出席他的私人遊艇趴，不然就讓妳立刻走人。」許立威接著說：「結果這個經理在那次遊艇趴因為飲酒過量失足落海，雖然撿回一命，但是也喪失了工作能力。」

「這件事我倒是有聽說。」林崁點點頭。

「然後，還有小圓那件事，不知道妳還記不記得？就是有個新人叫小圓『家奴』，結果整個節目被妳搞到錄不下去……」

「等等，這件事後來不是和平解決了嗎？」

「我之前就一直懷疑那件事為什麼會和平解決，我還以為迦荷姊在背後出力了，結果不是。」許立威搶快說道：「那個新人是人家經紀公司力捧的大小姐，妳當時這樣根本就是捅馬蜂窩了。我是最近才知道，那個大小姐之所以沒有繼續追究，是因為家裡出大事了，她需要保住這份工作，所以才會主客易位，反而是她來跟妳道歉。」

「出了什麼大事？」林崁問。

「她爸短短幾天敗光了所有家產，然後自殺了。」許立威回答。

「有這麼離奇的事？」

「是很離奇，全部都很離奇。」許立威有些歇斯底里地說。

「這樣聽起來，你是不是想要指控什麼？」林崁防備地問。

「妳不覺得詭異嗎？」

「詭異又怎麼了嗎？」林崁反問。

「我不知道是誰給妳出了這道題目，但是這個答案顯然很毛骨悚然。」許立威說：「在妳生命中消失的那些人？現在看起來，是某些人在妳生命中『被消失』了。彷彿有個不存在的力量，默默地在幫妳掃除障礙。」

「你的意思是，」林崁這時想到，現在自己還在警局裡，她輕手輕腳地往前走，瞄了一眼辦公室門口，馬紗綾和梁課長已經在忙自己的事了，林崁才又繼續往前走，不過還是儘量壓低聲音說：「你是想說，我是附身者嗎？」

「不，我還沒有瘋到去懷疑我的老夥伴，妳自己心裡也明白那不是答案。」許立威的話語有著前所未有的堅定：「我說的，是林塹。」

賴文雄在洗手台前大力搓了搓臉，看著鏡子中的自己，總覺得有些狼狽。他走出洗手間，厚重的窗簾外邊透著微光，現在天還沒大亮。賴文雄小心翼翼地走向窗邊，撥開窗簾的一角，外頭的街道看來空蕩蕩的，沒有人車，也沒有記者。

賴文雄接著拿起桌上的鑰匙，在玄關套了一雙鞋後，便推開門走了出去。外頭的長廊一樣沒看到一個人影，但是就在他轉身鎖門的瞬間，背後被一個東西頂上了。

「別動。」身後傳來一聲低沉的男聲。

「我已經不是預言師了，所以你要小心點，我做事可不會管什麼後果。」賴文雄冷冷地回應，不過也果然沒動。

「我知道，不過你畢竟還是聰明人。」背後那人說著：「預言師不會找笨蛋來增加自己的麻煩，從結果上看來，你也的確是如此。所以就算你已經無法預先知道未來了，我還是對你有信心。」

「預言師就算是配上笨蛋，也是會過得很好。」賴文雄舉起了雙手，緩緩轉過身：「作為這座城市的黑幫老大，為什麼要找上我？真的只是想證明神的存在嗎？」

「作為一名人類，我當然想知道神是不真的存在。」周朔移開了原本頂著賴文雄的物體，那是一包口香糖，周朔拆開其中一片放進口中嚼：「要來一片嗎？」

「不需要，我沒有這個習慣。」賴文雄放下雙手。

「那跟著老傢伙出門走走吧！」周朔說著就逕自走向前，頭也不回地繼續說著：「看樣子，預言師沒有跟你說附身者的身分吧！」

「我以為以你的能力，應該已經監聽過我的電話了。」賴文雄挖苦道。

「出於禮貌，還得問一下。」周朔走向長廊盡頭，按了電梯的下樓鍵：「而且，也存在一種可能，是你和預言師有我不知道的專線。」

「如果預言師不希望你知道，你想我會說嗎？」

「所以我才說你是聰明人。」周朔爽朗地笑著：「不過同樣是出於禮貌，還是得問一下，而且人總得抱有希望嘛！那換個問題好了，你覺得附身者是誰？」

「這不是大海撈針嗎？」

「也沒有到那麼難，我想你心裡應該也有答案了吧！」電梯很快到達了他們所在的樓層，隨著電梯門的開啟，賴文雄的臉映在了電梯的鏡子上，而且被電梯裡的燈照得明亮，而周朔此刻正像獵鷹般盯著他的臉。

「預言師沒有告訴我答案。」賴文雄避開了周朔的目光。

「我說的不是預言師，是你。」周朔再度強調，不過也沒有緊咬不放，他很快走進了電梯，讓賴文雄能夠擺脫尷尬的注目，接著他才又說：「在這個故事裡，你一直都擔任著很重要的角色，絕對不只是傳聲筒而已。」

「你太抬舉我了。」賴文雄還在推辭。

「你的選擇很重要。」周朔鄭重地說：「在耶穌的故事裡，如果他只是一個傳達福音的人，那這個故事就不成立了。如果上帝只是讓他來擔任傳聲筒，這個故事就沒有辦法千古流傳，也不會有那麼多人相信神的存在。」

「你是要我跟耶穌一樣犧牲嗎？」賴文雄問。

「不，未必要做到那個程度。」電梯門在一樓打開了，周朔領在前頭走了出去：「我只是說你必須要有所選擇。」

「可是我根本不知道怎麼對抗附身者。」賴文雄跟著走出門。

「這麼說的話，你已經知道『誰是附身者』了吧！」周朔抓了個語病。

「我不確定。」

「可是你心中有個答案，說出來。」周朔逼問道。

「林塹。」賴文雄說著嘆了口氣。

「為什麼？」

「如果是這樣的話，所有事情就說得通了。」賴文雄回答：「林蹔的消失，是整個故事最難解釋的部分。第一個問題，預言師為什麼阻止不了林蹔的消失？我們現在已經知道，預言師最大的對手是附身者，那麼能夠在預言師眼皮底下把林蹔帶走的，也只有一個答案，那就是附身者。再來是第二個問題，為什麼要帶走林蹔？如果犯人真的是附身者，林蹔擁有的只是一具無法動彈的肉身，對附身者來說根本沒有大費周章的價值。這時答案就只剩下一個，林蹔就是附身者。」

「果然，預言師真的沒有看錯人。」周朔欽佩地點點頭。

「可是即使如此，我們還是無能為力。」賴文雄又嘆了口氣。

「還記得這台車嗎？」周朔沒有正面回應，只是看著眼前的黑色廂型車。

「裡面應該不是裝著我想的東西吧？」賴文雄有些遲疑地停下步伐。

「正是，」周朔笑了笑：「能炸掉整條街的炸藥。」

「給我看這做什麼？」賴文雄問。

「只是一種直覺，就看你能做什麼吧！」周朔拍了拍車，然後就往街道另一端走遠，向後揮了揮手：「別讓我失望了！」

第五章
神魔終局

「這世界不需要一個英雄，或是一個神，而是更多的好人。」

——某社會運動領袖

「崁姊……」經紀人小圓氣喘吁吁地從走廊一頭跑來，遞上一疊資料：「這是下個月的節目企劃，我跟您對一下開會的時間。」

「我直接把不方便的時間打叉吧！」林崁伸手跟小圓要了筆。

「那個……」小圓看來欲言又止，也或許只是還沒喘過氣。

「喔！對了，我前陣子去見了孫德普，有人問起的話就說我去取材，不過因為材料不好，所以不打算做成企劃。」林崁想說她大概會問這件事，畢竟這事林崁完全沒提過，身為經紀人，如果小圓無法掌握自己的行蹤，會被人說閒話的。

「我是說，那個人不就是……」小圓往前指了指，林崁順著看過去，賴文雄正站在她的休息室門前，手裡還提了個紙袋，小圓雖然也認出來了，但是大概正遲疑著應該作為私事還是公事處理，如果是前者的話，最好視而不見。

賴文雄也很快發現了她們，往她們的方向稍稍欠身。

林崁瞄了眼紙袋，賴文雄防衛性地將紙袋往自己身邊拉近。林崁原本心裡就有個底，現在又更加確定了。她看了下身邊的小圓，小圓現在正緊張地不知道該看哪邊，於是林崁拍拍她的肩：「妳先到外面等我吧！我有話跟這位先生說。」

「好！」小圓解脫似的用力點頭，轉身就要逃走。

「這位小姐，等等！」賴文雄此時卻出聲喊住要離開的小圓：「您是林炭小姐的經紀人吧！我們就是要討論工作上的事，請您務必留下。」

小圓回過頭徵求林炭同意，並小心掩飾內心的百般不願意。

「好吧！」林炭嘆口氣，轉頭避開小圓臉上的表情，上前打開休息室的門，小圓大概也知道無法迴避了，立刻緊跟上來，賴文雄殿後，在關門的時候，林炭聽見了上鎖的聲響，忍不住又嘆了口氣，才轉過身看向身後的兩人。

「炭姊……」賴文雄右手扣著小圓的脖子，左手的刀指著小圓的耳下。林炭搖搖頭，再度嘆口氣，賴文雄看起來完全是理科生的身板，她有絕對的自信可以用他左手的刀插向他的右手，然後趁他哀號的時候拉開小圓，再海扁他一頓。

「手放鬆點，我不反擊是因為還在考慮，等我動手時你就知道了。」林炭狠狠瞪了他一眼，賴文雄也認分地放鬆了力道，但是小圓看來還是處於隨時都會暈死過去的狀態，林炭不想浪費時間，指了指袋子：「要我穿上？」

賴文雄一臉驚訝，他不知道林炭在門口就已經確認了紙袋裡的內容物，那是一件深色的登山背心，還交雜著紅色和黑色的線路，不需要太多的想像力，就可以猜到這個東西的用途，因此沒等賴文雄回話，林炭就逕自拿起穿上。

「這樣就行了嗎？」林炭穿上後，發現還有幾條電線的鱷魚夾接頭，於是拿起來甩了甩：「這些要怎麼辦？」

「上面兩條按照顏色夾，下面也是。」賴文雄克制著驚訝指示著。

「好了，這樣就行了嗎？」林崁很快接好後問，看了眼快嚇死的小圓，不耐煩地對賴文雄說：「你手上有引爆器吧！如果設定好就放開小圓，多一個人質只會讓你更麻煩而已。」

賴文雄很快打量了一下線路，點了點頭說：「應該可以了。」

「那就把她放了！」林崁沒好氣地說。

賴文雄鬆開手，小圓立刻往一旁跌去，賴文雄費勁地把小圓拖到一旁的沙發上，不時緊張地瞄向林崁，林崁只是聳了聳肩，走到旁邊的椅子坐下來，無奈地微微舉起雙手，賴文雄把小圓安置好後，輕輕拍了拍她的肩。

「等妳好一點了就出去。」林崁看著小圓剛睜開的雙眼說著，小圓看來一臉疑惑，似乎不明白自己為什麼躺到了休息室的沙發上，慌亂地就要坐起，但是看到賴文雄手上的那把短刀又差點暈了，暗暗驚叫一聲。

賴文雄從口袋拿出一個小型金屬圓筒，上面附有一顆紅色按鈕。小圓來回看了看那個小圓筒和林崁身上的那件背心，怎樣看都是引爆器，於是當賴文雄按下按鈕時，小圓發出了難以想像的恐怖叫聲，害賴文雄差點把引爆器摔下去。

「那是反向引爆器。」林崁冷靜地說：「放開才會爆炸。」

「呃……對。」賴文雄驚魂未定地看著手中的引爆器，給了小圓一個安撫的微笑，不過對方看來大概反而更可怕吧！小圓立刻別過臉，賴文雄也沒太受傷，只衷心期盼對方不要再尖叫就好。

「現在應該清醒點了，趕緊出去吧！」林崁不容置疑地對小圓命令道。

「是。」小圓站起身，不過似乎還是對林崁的安危有點擔心。

「別磨蹭了，這個弱小子傷不了我。」林崁揮揮手。
「是。」小圓又應了一聲，才慌忙地退出去。
「把刀放下，引爆器就夠了，那把刀只是讓我多一個工具和藉口扁你而已。」林崁冷冷地看著他手上那把刀：「你要記住，我現在隨時都有機會把你撂倒，只是在考慮要不要這麼做而已。」
賴文雄識相地把刀丟到一旁，在小圓剛剛躺過的沙發坐下：「妳早知道了？」
「是林塹吧！」林崁垂下頭。
「這是逼不得已的辦法。」賴文雄上身趨向前，似乎在想著該怎麼安慰她，過許久才接著說：「為什麼他會做出這種事？」
「我也不太清楚，是對孫德普的報復嗎？」林崁望著角落的一個點發愣。
「那個藍鯨的創始人嗎？」賴文雄聽來十分驚訝。
「我最近見過他。」林崁眼神迷茫地說著：「人心是很複雜的，林塹或許認為，創造一個更無懈可擊的藍鯨，對於孫德普那樣自大狂妄的人，才是最大的衝擊吧！不過看來倒是沒什麼效果，孫德普在監獄裡還是混得不錯。」
「或許是場誤會……」賴文雄遲疑地說著。
「誰知道呢？預言師不都這麼跟你說了？」林崁抬起頭，看著眼前這個拿個引爆器的男人，不確定自己的決定到底是不是對的，她確定自己絕對有辦法在不觸發引爆器的前提下撂倒他，現在卻決定照著這個男人的劇本走。

「這……」賴文雄似乎在思考著林崁的話。

「走吧！小圓大概已經去報警了，再拖下去只會引來不必要的麻煩。」林崁站起身，預言師大概早算好這一切，或許還在暗處推了一把，一想到這裡，林崁就覺得火大，不過她還是站起身，拉開了休息室的門。

賴文雄緊跟在林崁身後，勉強維持著綁架者的尊嚴，路過的人紛紛拋來異樣的眼光，許立威似乎也想上前說些什麼，但很快就被林崁用眼神制止了。小圓很聰明地不打草驚蛇，這倒給林崁帶來許多方便。

只是這件登山背心實在太惹眼，而且賴文雄也貼得太近了點。然而已經沒空閒在意這些了，林崁走進電梯後，按了新聞部的樓層，這期間賴文雄沒發出任何指示，要不是一點準備也沒有，就是那個該死的預言師早料到了這一切。

「你不會一點計畫都沒有吧！」林崁故意諷刺地說。

「我就是想找個現場直播的節目……」賴文雄心虛地回應。

「你應該自信一點，預言師不是都幫你算過了嗎？別讓人以為是來參觀的。」林崁說完，電梯門剛好開了，頭也不回地便走了出去。

賴文雄急忙忙地跟上去，林崁最後還是好心地放慢了腳步，新聞部此刻處於最忙的階段，也因為這樣所以電梯才會空著，這一行的規矩就是關鍵時刻不搭電梯，否則一份稿件或是帶子卡在電梯裡，整節新聞都要完蛋。

正因為如此，當林崁走上前說「有炸彈」時，旁邊的人只是狐疑地看了一眼。

「換你喊，大聲點。」林崁無奈地說，然後低聲抱怨：「怎麼不帶槍呢？」

「有炸……有炸彈！」賴文雄不太乾脆地喊著，聲音聽來有些嘶啞。

「去控制室。」看眾人還是沒反應，林崁轉身退了出去。

林崁焦躁地快步走著，但又考量到賴文雄所以稍稍停了下來，等聽見賴文雄的腳步聲近了些後，才又接著往前走，最後推開了控制室的玻璃門。然而控制室裡的人只抬頭看了一眼，發現不是他們期待的人後，便又接著低頭工作。林崁朝身後的賴文雄瞪一眼，示意他跟緊一些，然後兩人一起穿過擁擠的控制室，期間收到幾個白眼，最後林崁在播放影像的機台前站定，在製作人員反應過來前，抽出了一支插在主機上的隨身碟，扔到地上用高跟鞋踩個粉碎……

瞬間，所有人都看向了這邊。

「有炸彈。」林崁這次不需用太大的音量，因為所有人都靜了下來。

「搞什麼……」看來像導播的男人瞪向他們倆，似乎還不明白情況，但是職業反應讓他整個人炸鍋了：「你—們—天—殺—的—到—底—在—搞—什—麼！」

「有炸彈……」賴文雄指著手上的引爆器，驚魂未定地小聲說著。

「有炸彈干我屁事！」導播這次衝著賴文雄大吼。

「我介紹一下，這位是預言師……的代理人，他叫賴文雄。」林崁倒是還算冷靜，雖然看來十分詭異，不過認識她的人或許認為這樣才正常，因此她也不打算演出驚恐的樣子，平靜地撿起地上那隻被踩爛的隨身碟：「今天有大新聞了。」

「可是他沒槍啊！」導播稍稍降低了音量，透出了點專業的氣息。

就跟你說要帶槍啊……林崁內心雖然這麼想，但因為現在實在太安靜了，不好轉頭罵人，所以只能挺起胸膛，硬撐著說：「人家上頭有預言師罩著，還會需要用到槍嗎？」

導播雖然露出狐疑的表情，但是托著腮幫子思考一會兒後，似乎也決定接受了，便打理下姿態，對還在狀況外的賴文雄問：「你有什麼要求嗎？」

「炸彈怎麼來的？」在周遭的工作人員還在準備的時候，林崁低聲問道。此刻她和賴文雄正坐的地方，是原本的新聞播報台，只不過此刻他們兩人都不是主播，林崁手上沒有拿麥克風，而賴文雄手上正拿著引爆器。

「周朔。」賴文雄小聲回答。

「那傢伙……」林崁暗罵道：「他早就知道了吧！從一開始就不是因為預言師才接近我，而是林塹。在那間透明辦公室跟我見面，也只是為了觀察林塹會不會有所反應而已。」

「妳跟他見過面？」

「我跟他可熟呢！他還去過我老家。」林崁沒好氣地回答，不過又接著低聲囑咐：「待會你得自己隨機應變，我現在是受害者，我可沒有辦法像訪談那樣引導你。我不知道預言師提示到什麼程度，但是你得更有自信一點。」

「我會努力的。」賴文雄像著犯錯的小學生一樣。

「你現在綁架了我，然後呢？」林崁問。

「我不確定。」賴文雄說。

「不確定？」林崁瞪大了眼睛：「都這樣了你還跟我說不確定？」

「如果林塹就是附身者，我們要怎麼逮捕他？」賴文雄就像在自問自答。

「逮捕他沒有意義，因為犯罪的不是他的肉體。」林崁回答：「要逮捕，就必須逮捕他的靈魂，可是這在現實中做不到。」

「所以呢？我應該怎麼辦？」賴文雄問。

「這得要問你自己，你才是預言師的代理人。」林崁閉上眼睛，這是今天的第一次，林崁收起了平時的強勢，她抽了抽鼻子，像是在祈禱：「預言師看過了未來的各種可能性，我們只能相信，其中會有圓滿的結局。」

「可是，他這次沒有提示我。」

「那他或許希望你能自己參透。」林崁再次睜開眼，望向場邊，職業的敏銳度讓她察覺到風雨欲來的氣息，許立威也到了現場，他用眼神詢問了林崁的狀況，林崁只跟他點了點頭，林崁低聲對賴文雄說：「節目要開始了。」

「十秒鐘後開始！」新聞部的導播大聲喊道，接著他倒數了十聲後，揮手提示節目開始。和平常不同的是，這次沒有開場音樂，提詞器上也是一片黑。

賴文雄顯然沒有應對過這種場面，愣了半晌，林崁在播報台下踩了他一腳。

「你有什麼話想對大家說嗎？」場邊的許立威及時救場。

「我是賴文雄，預言師的代理人。」賴文雄這時才大夢初醒般開口道：「前幾天跟大家說過，這世界上除了預言師，還存在其他超能力者。而其中包括造成先前動亂的附身者，今天，我想要直接跟附身者對話。」

賴文雄清了一下喉嚨，顯然還沒有習慣這種場面。

「林塹，就是那個附身者，同時他也是林崁的弟弟。」賴文雄望了林崁一眼，林崁當然沒有給出任何回應，讓賴文雄繼續說下去：「林塹，你的姊姊現在就坐在我的旁邊。不過，在我繼續說下去之前，請先別輕舉妄動。」

「首先，你的姊姊身上穿著一件炸彈背心，而在我手上的是一個反向引爆器。」賴文雄舉起手中的金屬物體：「如果我的手鬆開的話，你姊姊身上的炸彈就會爆炸。同時引爆器也會測量我的心律，如果我死的話，炸彈也會爆炸。也請不要擅自拆解炸彈，這顆炸彈的機關非常繁複，只要有一點動靜就會爆炸。而且現在是全國範圍的現場直播，我還有一個夥伴，如果他覺得異常，也會立即引爆炸彈，所以請不要打什麼歪主意。」

賴文雄說到這裡，忽然停了下來。林崁原本想要再踩他一腳，但是看到賴文雄的表情後，她忽然明白了什麼。賴文雄正在猶豫，林崁明白他正在猶豫什麼，因為他正要做一個最困難的決定。

「林塹，我只有一個要求。」

賴文雄深吸了一口氣，又是一個很長的停頓。許立威用眼神詢問著林崁，林崁輕輕地搖了搖頭。於是沒有人催促，也沒有人發出一點聲音，都等著賴文雄說下去。而此時的林崁，又輕輕地閉上了眼睛。

「林塹，請你自殺。」賴文雄終於說出了這句話：「我沒有辦法用任何方式制裁你，逮捕你沒有任何意義，而這個世界也無法承擔你繼續犯案的風險。所以，這是解決問題的唯一辦法，就是請你制裁自己。」

林炭倒吸了一口氣，一滴淚緩緩從眼角流下。

「我的要求是，請你自殺，並且讓我們看到證據，如果在今晚十二點前沒收到你的回覆，炸彈就會準時引爆。」賴文雄說完，將桌上的麥克風推向一旁，一臉如釋重負：「以上，就是我的要求。」

現在的時間，晚上九點三十五分。

晚上十一點五十三分。

「你覺得林塹還會有動作嗎？」林炭問。

「我不知道，我們只能祈禱。」賴文雄看著棚內的數字鐘回答。

「真好笑，一個預言師的代理人居然需要祈禱。」林炭冷笑著。

「更好笑的是，阻止自殺的人現在要勸人自殺。」賴文雄回以苦笑。

「所有矛盾都在今晚上演了，我現在也是，我都不確定自己到底希不希望林塹自殺。」林炭的表情相當苦澀：「嚴格來說，是再一次自殺。」

「如果觀眾能聽見我們的對話，應該會覺得相當諷刺吧！」賴文雄試著轉移話題：「綁匪和人質居然能有這樣的交流，就算認為附身者真的十惡不赦，這場面也真夠怪異的。」

「如果十二點一到，炸彈真的會引爆嗎？」林炭看著身上的背心問。

「炸彈是周朔設定的，他說一定會爆炸，所以我也很緊張。」賴文雄也看向了那件背心：

「他是認真的，我想他不會手下留情。」
「你說那個看直播的夥伴，該不會就是周朔吧？」林崁問。
「也只能是他了，要不然找馬紗綾嗎？」
「也是，人家是警察。」林崁點點頭，接著看向牆上的電子鐘，上面顯示著十一點五十五分：「我們的時間不多了。」
「那我靠近一點，這樣能死得更乾脆一些。」賴文雄說著挪近了位子。
「也是，我不怕死，只怕痛苦拖太久。」林崁微微一笑，可是這時看見了許立威在場邊舉了一個字卡，上面寫著一排字：
沐雅森林飯店，地下一樓，我是林塹。
「什麼意思？」賴文雄也望向了同個方向。
「那是林塹的筆跡，看來是林塹託人傳話了。」林崁說著低下頭：「我還以為，在最後的時候，他會想要跟我說些什麼。」
「或許是怕增加誤會而引爆炸彈吧！」賴文雄安慰道。
「準備SNG車和隨行攝影師，我們現在出發吧！」林崁對許立威喊道，接著她轉頭看到賴文雄一臉訝異的神情，忍不住翻了白眼：「難道你不想去確認？」
「對……只不過……」賴文雄完全忘了自己的身分是綁匪。
「如果讓記者自己去採訪的話，你不怕回傳的畫面作假嗎？而且如果不讓攝影師一直跟著，中間一大段空白時間，你那個一直在看直播的夥伴不會擔心嗎？」林崁嗤地冷笑一聲：「我不知道你怎麼想，至少我不想被炸彈給炸死。」

許立威很快調度好了裝備，而他自己扛著攝影機跟了上來。林崁這才發現，棚外站著一大隊黑壓壓的維安特勤警隊，肩上都繡著紅藍白的閃電臂章，見到他們走出棚外，便小心翼翼地跟了上來。

「你希望他們跟上來嗎？」林崁對著賴文雄問。

「應該沒關係，跟上來我們也安全一點。」賴文雄對那群特勤點了點頭，或許跟警方合作久了，一時無法熟悉與他們對立的身分。

於是特勤隊就一路跟到電視台的地下停車場，SNG車已經等在那裡了，周圍還停了幾台警用廂型車。兩隊人馬分別上了自己的座車，沒有多餘的客套，就直接駛出了地下停車場。

「果然還是沐雅啊！」許立威上車後喃喃自語道。

「為什麼林塹會在一間飯店裡？」賴文雄顯然沒搞清楚狀況。

「那不是飯店，是一間鬼屋。」坐在前頭的司機大哥說。

「鬼屋？那林塹幹嘛在那裡？」賴文雄更迷惑了。

「因為他就是那個鬼。」林崁說出了其他人都不敢說的話。

林崁想起了小圓在沐雅的怪異舉動，想起了那個紅色廂型車的都市傳說，以及許多關於這座飯店的鬼故事。忽然所有的線索都連上了，就像林崁的過去一樣，林塹就是能夠串起一切的最終解答。

接下來的路上，沒有人再說一句話。儘管賴文雄還是在一團迷惑之中，不過也沒有再多說什麼，只是靜靜地等待著結局的到來。

夜深了，通往沃雅森林飯店只有一條路，雖然這條大道當初建立得富麗堂皇，而且因為建造後很少使用，所以沒有什麼磨損，但是想到前方的建築發生過的故事，這樣的華麗又顯得怵目驚心，彷彿是屬於哪個惡魔的宮殿。

上山只有一條路，如果有誰要硬闖，都很難逃過林塹的眼線。不過，SNG車一路上來倒是沒遇上什麼阻礙，而且車上的四人，包括司機、許立威、賴文雄、林崁，似乎都沒出狀況。或許，林塹是真的死了。

問題是，為什麼要這麼做？

林崁恐怕永遠也問不了這個問題了，她望向一旁的賴文雄，看起來他比自己更加不明白現在的情況。林崁又看著一旁一直對著她的攝影機，電視上的畫面肯定很怪異吧！不過無論如何，都要結束了。

車速慢了下來，林崁透過擋風玻璃望向前方，一座建築在燈光中隱隱浮現。

「到了。」司機冷冷地說，看來沒有要下車的意思。

「走吧！」林崁向著右側輕輕喊了聲，賴文雄和許立威坐在同一側，所以同時打開了車門，許立威跨步走下車後，林崁在攝影機的死角處拉住賴文雄，輕聲對他說：「我等下要從你這側下去，當個綁匪也專業點。」

賴文雄微微點了點頭，下車後沒立刻拉上車門，轉身等林崁下車後，才又關上車門，因為周遭太安靜，關上車門時發出轟然巨響，不過現在顯然大家都沒有心情感到害怕，攝影師注意了下身後的階梯，便一步步倒退走向門口。

一如平時所見的飯店，一樓是誇張挑高的大廳，暫時找不到電源開關。所以林崁拿出事先請電視台準備的手電筒，在門口用手電筒的光線掃了一圈，還是找不到類似開關的地方，於是就乾脆不開燈，直接往向下的樓梯走去。

走進建築後，牆上忽然出現幾個光圈和小紅點，想到這棟建築的靈異故事，不信邪的林崁還是抖了一下，過後才想到一直默默跟在後頭的特勤警隊，回過頭果然發現幾名持槍的特勤警跟著走進門。林崁雖然納悶剛剛怎沒聽見警隊下車的車門聲，不過還是繼續往樓梯的方向走，畢竟，眼前不知道會出現什麼，讓特勤警跟著總是好一點，而且還可以多一點光源。

走下了樓梯，為了安全，攝影師也不再倒退走，而是橫著走在他們身邊進行側拍，而且還在攝影機旁邊架了個手電筒打光，畢竟少了車頭燈的照射下，現在的視野又比大廳更暗了。因為真的太暗了，林崁又拿出一支手電筒幫攝影師探路，也給了賴文雄一支手電筒，這實在是出於不得已，不然林崁萬分不想讓拿著引爆器的賴文雄再拿著其他東西，雖然預言師應該早預言了一切，或許炸彈根本是假的，不過林崁還是不喜歡提心吊膽的感覺。

兩人都將光線對準腳下的階梯，除了避免踩空外，憑手電筒的光也無法照太遠，只要稍微抬起頭電筒，寒酸的光亮就像杯水倒進了沙漠，一瞬間就被黑暗吞噬了。所以兩人都照著近處，避免想像底下等著他們的究竟是什麼。

黑暗中，似乎傳來了深沉且平穩的呼吸聲。林崁忽然想到，既然林塹是植物人，那要用什麼方法自殺？附到另一個人身上殺了自己嗎？如果是這樣的話，在林塹死亡的瞬間，附身的能力也會消失吧……

這麼一來，這裡應該要有個人。

林崁看了一下手錶，從訊息傳來到現在不過半個小時，那則訊息必定是在林塹死前傳出的，或許對方是開車，所以可以搶在SNG車上山前就先行下山。但是一個人回過神來發現自己出現在這裡，而且眼前躺了個死人，真能這麼冷靜？

越往下走，呼吸聲就益發明顯，甚至聽來有些不尋常，不像人類的喘息，比較像是野獸悶沉的低吼。大概是因為回聲的關係，分不太清聲音的確切方向，彷若四面八方都埋伏著獸群，幽暗的地下室，一下子如野獸的巢穴般陰森。

手電筒的燈光好不容易照上樓梯盡頭，林崁深吸了一口氣，決定不再尋找電燈開關，為了避免遇上偷襲，她冷不防地轉著手電筒掃過整個地下室一周，光圈所經之處是各類球桌和牌桌，大概是飯店附設的地下遊樂場。

然後，她發現了喘息聲的來源，光圈也在那裡停住。

看起來似乎是張病床，就擺在整個地下空間的正中央，上面看來是躺了個人，從頭部的地方連接了一條呼吸管到旁邊的儀器，除了呼吸器以外，病床的四周還圍著大大小小的各式機台和活動式矮櫃，喘息聲似乎就來自呼吸器運轉的聲響。

「還活著？」賴文雄壓低了聲音，但在靜寂的空間中還是引起不小的騷動。

林崁沒說話，只是逕自地往前走，她不明白自己在期待什麼。不斷配合著綁架案的自己，究竟希望林塹為自己而死，還是最後來個絕地大反擊？林崁只是茫然地向前走著，一直來到床前。

賴文雄小心地從後頭跟上來，或許一度以為自己被林崁背叛了，林崁聽見了賴文雄在她身後壓低的驚叫聲。大概看到了林塹狀況吧！說實在，林崁第一眼也不敢確定眼前的是否就是林塹，甚至不確定那是不是一個人。因為長期的植物狀態，林塹的肌肉已經嚴重萎縮，雖然頸部以下的身軀被床單罩住，那個景象還是十分怵目驚心，林塹就像罩著一張皮的一堆骨頭，彷彿可以用一隻手將皮膚輕輕揭開，然後就會發現下面藏著一堆白骨。

「他走了。」林崁摸了摸林塹的頸部後說，然後看著林塹隨著呼吸器起伏的胸膛，忽然一陣悲從中來，伸手摸上旁邊的呼吸器，關上了電源「他所做的事，大概就是讓這裡斷電吧！電來了，這裡又會恢復原樣，不過他也走了。」

「他還是沒說明為什麼……」賴文雄似乎放鬆了點，也走到了床邊。

「大概永遠不會知道了。」林崁的手伸進床單，握住林塹冰冷的手，自從林塹成了這種狀態後，林崁就沒再看過他了，即使去過照護中心兩次，也被父母領著去醫院無數次，但只要想到自己會忍不住原諒起這個讓自己痛苦的弟弟，林崁就不願意踏進病房。今天看到了林塹，無論之前有過什麼芥蒂，此刻也都放下了，即使不明白弟弟為什麼拚了命都想犯下這些事情，林崁也都覺得無所謂了。

「我想，一切都結束了。」賴文雄看著攝影機，輕輕閉上雙眼，接著緩緩鬆開按壓引爆器的手。結果什麼事情都沒發生，賴文雄便把引爆器放在一旁。

「我想也是。」林崁粗魯地把身上的背心扯下，扔到一旁。

「請兩位跟我們出去吧！」大概是看到警報解除，一名特勤警走上前，拍了拍林崁和賴文雄的肩。那人沒有持槍，只拿著手電筒和無線電，看來比其他特勤警稍微親和一點。看兩人沒反對的意思，便拿起無線電說：「我們要出去了。」

林崁沒多說什麼，便向樓梯走去，賴文雄默默拿起病床邊的引爆器，和扔在地上的登山背心，也跟上了林崁的腳步。持槍的特勤警調轉了方向，護送他們出去，沒持槍的特勤警則輕鬆地和林崁他們一起走。

「下面有一具屍體，派一些人下來處理一下。」特勤警最後對著無線電說。

爬上樓梯，就可看見大門透進了刺眼的亮光，一瞬間還以為已經天亮了。不過看著時間還早，大概是外頭已經架好了幾具聚光燈，正等著他們出門。

林崁和賴文雄站到門前，外面已經聚集了許多其他電視台的轉播車。因為他們沒有警方開道，所以晚了一點時間，不過大概也在外頭待很久了。只是被警方阻擋著，所以無法太過靠近，記者只能遠遠地背對著飯店向攝影機播報。

賴文雄手上還拿著那件背心，特勤警起初似乎有些緊張。但是跟著進去的特勤警報告了狀況，賴文雄也分別將背心和引爆器扔到兩旁，舉起手率先走出門，幾名特勤警圍了上來，不過已經沒像原先那麼緊繃。

望著賴文雄的背影，林崁不禁想著，他會面臨怎樣的結局呢？按道理來說，光是擄人勒贖罪，就得七年以上的有期徒刑吧！即使林崁聲稱擄人是自導自演，也得面對加工自殺的罪刑，而且這樣林崁就成了共犯。共犯倒是無所謂，畢竟林崁也自認是共犯，只不過，如果現在的法律不承認附身者的存在，那身為植物人的林塹就不可能自殺，這樣一來就不是加工自殺，而是教唆殺人……

這時，遠處隱約傳來樹幹折斷的聲響，賴文雄應聲倒下。

林崁聽不清聲音是從哪裡傳來，聽來像是來自另一座山頭，因為在山谷間迴盪而聽不清聲音的方向。記者群也亂了陣腳，特勤警大概聽出了聲音的來源，全跑向同一邊找掩護，林崁感受到身後有股拉扯的力道，被拉回了建築裡。

屋外的叫喊聲此起彼落，過了不久，大概是特勤警的指示，聚光燈一一暗了下來，之後車輛的頭燈也被關上，恢復到原先伸手不見五指的狀態。出於動物本能，吵雜的人聲一下靜了下來，誰也不想被獵食者發現蹤跡。

忽然，在一陣嘶啞的對講機聲響之後，林崁聽見一陣急促的腳步聲朝飯店而來，在一串有規律的悶沉響聲後，又聽見腳步聲遠離了飯店。大概是特勤警在黑暗中接走了賴文雄，林崁不願意去猜測賴文雄的生死。

又是一陣嘶啞的對講機聲響，林崁感覺到一股強大的力量拉起她的臂膀，迫使她開始往門外跑去，在幾次踉蹌後，林崁才知道自己被推進了衝鋒車的車廂裡，一個人領著她到車廂裡的座位，並將安全帶的兩頭交付到她手上。

接著車發動了，大概是使用了夜視鏡，衝鋒車在電視台轉播車群聚的地方停下，壓低音量對眾人做出指示，車門的聲響頓時此起彼落，等聲音稍歇之後，隨著轉播車一一啟動，所有車輛便在衝鋒車引導下往山下開去，駛入黑暗之中。

「林塹、林塹。」林崁過很久才意識到，自己正不斷呢喃著這個名字。

賴文雄想睜開眼，卻因為強光刺眼得睜不開。

他感覺到自己躺在一張床上，但這張床的觸感和平時不太一樣。他試著思索自己為什麼會出現在這裡，然後很快想起沐雅森林飯店的事，還有地下空間那具林塹的軀體，之後的事要回憶起來就有些困難，彷彿記憶被抽去一個片段。

但是胸口的痛楚很快就喚醒了他的回憶，他想起了飯店外的聚光燈，就像現在這樣刺眼，那時他先是聽見了遠方傳來樹幹折斷的聲響，之後胸口受到一陣衝擊，伴隨著有些延遲的劇痛，他感覺自己倒了下來，瞬間就沒了意識。

賴文雄再度睜開眼，現在光線似乎沒那麼刺人了，所以稍微能觀察周遭的情況，但因為是躺著，所以只能看見雪白的天花板，眼睛稍稍往旁邊移動，才能看見天花板與牆壁的交角，雖然牆壁也是一片雪白。

與其說是醫院，這個地方似乎比較像是太平間，但是稍微冷靜下來後，又能聽見機器的嗶嗶聲，而且頻率聽來就是自己的心跳。他想坐起，確認是怎麼一回事，但又想到靈魂出竅的說法，不敢太快起身，怕靈魂一下就離開了肉身。

就在一起一臥之間，腹部忽然受到強烈衝擊，讓他一下坐了起來。

「別內心戲了，你還活著。」馬紗綾站在床邊說。

「妳一直在這裡？」賴文雄驚訝地望著她，還有放在他肚子上的拳頭。

「本來還想鬧你，最後覺得實在太拖戲了。」馬紗綾收回了拳頭。

「到底發生什麼事了?」賴文雄也不管那個拳頭了。

「你受到了槍擊,所以被送到醫院裡。」馬紗綾不知為什麼,似乎不太想談這件事,手指玩弄著床單的一角,眼神飄向一邊,顧左右而言它:「說醫院也不太對,準確一點來說,你應該是在一間具有醫療設備的安全屋裡頭。」

「安全屋?」賴文雄更加迷惑了:「這是什麼情報單位嗎?」

「說情報單位也不太正確,情報單位通常侷限於一個國家,而這是一個國際性的祕密組織,目的是集合眾多國家的力量,隨時監控著超能力者的活動。」馬紗綾解釋道。

「監控預言師和附身者嗎?」賴文雄想到科幻小說的情節,漸漸感到不安:「為什麼要監控他們?監控之後又能做什麼?」

「預言是很厲害的能力吧!如果用在好的地方,這個世界幾乎可以免於一切的犯罪和戰亂。這也是我們這次看到的現象,但預言師畢竟不是神,預言本身作為一個能力,不過是工具而已,所有工具都有兩面性。」馬紗綾一下變得嚴肅,凝神看著賴文雄的雙眼,像在進行審問:「如果預言師不是天使,而是惡魔呢?那我們要怎麼阻止他?」

賴文雄陷入沉思:的確,雖然預言師的存在看來是好事,不過也只是運氣好而已,附身者就已經讓這個世界天翻地覆,如果和預言師角色對調,肯定更加難以收拾。預言師因為掌握未來,幾乎處於不敗之地,如果有一天,預言師以惡魔的身分降生,絕對會是世界末日。現在沒發生,不代表以後不會有這樣的可能,光與暗不過是二分之一的機率,考慮到人性,像杜永泉這樣的預言師幾乎是奇蹟。我們又憑什麼相信奇蹟會一直發生?神嗎?

神真的存在嗎？賴文雄十分懷疑。

「為了防範超能力犯罪，各國政府很早就開始研擬對策，最基本的工作就是找出潛在的超能力者，最有名的就是魔術大師胡迪尼在一九二〇年代開始的『揭發靈媒』行動，不過那時只限於美國內部，跨國合作要到二十世紀末才開始。」馬紗綾這時停頓一下，有些不好意思地看了賴文雄一眼，才接著說：「我也是因為這樣的計畫才加入警方，透過實際參與調查，分析超能力者參與的可能，梁課長一直以來也做著這樣的工作，表面看似因為花邊傳聞四處調任課長，其實是為了調查各地犯罪……雖然他也樂在其中就是了。」

「在預言師之前，也出現過其他超能力者嗎？」賴文雄有些驚訝。

「一如預言師的存在，在這世界上，也存在著擁有其他能力的人。」馬紗綾模仿了賴文雄在記者會上的發言：「這可是你說的喔！既然如此，人類文明已經存在這麼長一段時間，在過去的某個時期，同樣存在著超能力者，也很合理吧！」

「可是，為什麼之前都隱藏得那麼好？」賴文雄還是覺得不可置信。

「不是隱藏得好，而是我們選擇不去相信。」馬紗綾搖搖頭：「的確，這次是鬧了很大的動靜，可是過去不是也有許多人聲稱自己擁有超能力嗎？而且，預言師這樣的存在，也不是第一次出現了。」

「妳是說過去那些神棍嗎？」

「不是神棍，是真的預言師。」馬紗綾再度搖頭。

「像這次一樣？」賴文雄顯得相當驚訝。

「和這次完全一樣。」馬紗綾肯定地說。

「什麼意思？」

「二十七年前，出現了數起預言師造成的大規模犯罪。雖然因為隱藏得很好，沒有被公眾察覺到超能力者的存在，不過促成了各國情報組織的祕密合作。」馬紗綾神情嚴肅地說：「我們花了很大的力氣，才終於戰勝了他。」

「戰勝了他？怎麼做到的？」賴文雄相當不可置信，除了附身者之外，他想不到有什麼方式能夠戰勝預言師。

「我們讓他有了信仰。」馬紗綾平靜地說。

「信仰？」

「我們無法阻止他作惡，所以只能希望他能善良。」馬紗綾接著說：「雖然如此，那次事件讓我們意識到，這個世界如果取決於預言師的善惡，實在太過危險了，所以催生了『黃道十二宮計畫』。」

「黃道十二宮？」賴文雄覺得故事越來越超乎現實了。

「你聽過預言師悖論嗎？」馬紗綾沒有直接回答，反問道。

「聽過。」畢竟那是預言師自己告訴他的：「這世界如果存在兩個預言師的話，兩人的預言能力會互相干擾，結果就是未來回歸不確定。也就是說，這個世界不可能同時存在兩名預言師。」

「我們常說先知是孤獨的，這個理論證實了這件事。」馬紗綾感性地說。

「所以他真的是唯一一個預言師？」賴文雄問。

「沒錯，他是獨一無二的。」馬紗綾忽然又話鋒一轉：「這世界沒辦法同時存在兩名預言師，於是，我們創造了十二個預言師。」

「十二個預言師？」賴文雄有些驚愕：「這就是黃道十二宮？」

「沒錯，在上一代預言師自然老死後，我們取得了他的細胞。」馬紗綾平靜地回答：「然後製作了十二個複製人，送往十二個國家。每個複製人都被封印在各國的地下機構，只要未來預言師出現，就能啟用抵銷預言能力。」

「那為什麼這次不用呢？」賴文雄問：「是因為這次的預言師是好人嗎？」

「因為其中一個預言師逃脫了，殺死了其他十一個預言師。」

「等等，所以……他就是那個預言師？」賴文雄忽然明白了，感覺有陣冷風吹過了全身，身上的每個毛孔都在顫抖：「也就是說，這次的預言師，並不是個好人？」

「沒錯。」馬紗綾嘆了口氣。

「那林塹……」賴文雄一下語無倫次：「那之前的附身者犯罪呢？」

「林塹是無辜的。」馬紗綾簡短地說了結論。

「可是之前跳樓的那兩個人要怎麼解釋呢？」賴文雄想起那可怕的回憶。

「別忘了，預言師也是超能力者，他也有辦法辦到這種事。」馬紗綾回答：「雖然程序上有點複雜，不過預言師絕對有辦法說服兩個人跳樓，只要聲稱能夠及時救起他們就好了。而且那時大眾已經相信預言師的存在，操作起來更簡單。就算真的說服不了，預言師也能夠提前知道，換一個人選就好了。這從某種層面來說就是或然率犯罪，只是機率永遠站在預言師的那一方而已。」

「可是光要這樣就指控他，證據也太薄弱了吧！」賴文雄還是不願意相信。

「自殺的那兩人，其中有一個是『黃道十二宮計畫』的成員。」馬紗綾平靜地回應：「成員的電話都被監聽，在監聽的內容裡，證實了我們的假設。」

「如果真的是這樣，」賴文雄焦躁地抓了抓頭：「你們為什麼都沒說？」

「因為我不確定你的立場，就算要相信你，也不確定預言師有沒有從旁監視。」馬紗綾無情地回答，接著雙手一攤：「而且說了又如何，就像先前說的，如果預言師是惡魔，我們根本阻止不了他，你也是。」

「所以，你們就讓他殺了林塹？」賴文雄忽然對眼前的馬紗綾感到陌生，接著罪孽深重地看著自己的雙手：「不，是允許我用這樣的方式，逼迫林塹自殺。」

「其實，這是林塹的決定。」

「林塹？」賴文雄有些疑惑。

「在自殺之前，他來找過我們。」

「找你們？就希望你們殺了他嗎？」賴文雄沒好氣地問。

「關於這件事，我是反對的。」馬紗綾沉重地深吸口氣：「但是林塹不同意，他認為就算逃過這次，以預言師的能力，他的姊姊永遠都會活在危險中，不如趁下手還不算狠的時候，就先向對方低頭。」

「你們就這麼同意了？」賴文雄還是感到不諒解。

「我們能有什麼辦法？」馬紗綾反問，但攻擊的眼神很快罩上一層哀戚：「況且，林塹的能力足以和預言師匹敵，我們也不希望他就這樣犧牲。之所以最後還是同意，我想，應該是因為上面的人也不確定。」

「不確定什麼？」賴文雄被挑起了好奇心。

「不確定林塹的立場。」馬紗綾很快說著，嘆了口氣：「即使是監聽電話，透過林塹的附身能力，也可以輕易偽造出這樣的證據吧！林塹和預言師有著等量的嫌疑，而且存在總是個變數，上面的人覺得多一事不如少一事。」

「所以你們還是沒確定預言師是犯人？」賴文雄諷刺地問。

「不，我們現在已經很確定了，因為他沒救你。」馬紗綾對上賴文雄疑惑的視線，繼續說：「那一槍，是我們對預言師做的最後測試。如果他是好人，應該會想方設法救你，或者事先提醒你。不過，顯然他什麼也沒做。」

「但是我還活著啊！」賴文雄說著，疑惑地摸了摸自己的身體。

「我們會宣告你的死亡。」馬紗綾看來不像開玩笑：「像先前說的，這裡不是醫院，而是安全屋。你中彈之後，我們以保護之名把你送到警察醫院，並且限制訪客，完全有足夠的餘裕調包病人，然後把你送來這裡。」

「所以……我現在是被軟禁了？」賴文雄不可置信地問道。

「並不是這樣，你還是有選擇。」馬紗綾的語氣像在宣讀嫌犯的權利：「就像剛才說的，我們『會』宣告你的死亡，不過還沒有。你能選擇離開或是留下來，可是一旦你決定離開的話，這個測試就不成立了。」

賴文雄陷入深思，如果就此同意的話，即使不被軟禁，也要隱姓埋名，目的就是要完全騙過預言師，這樣才能證明預言師沒有救他的意圖。用一輩子的自由換取一個證明，代價或許太大，但這也是只有他能擔起的責任。

也就是說，他必須活在一個他所不存在的未來裡。

「我同意。」幾乎像在自暴自棄，賴文雄用低落的語調說著：「如果當初我死了，或許就不需要這麼麻煩了吧！」

「我們可是好不容易才讓你活下來呢！」馬紗綾捶了下賴文雄的大腿：「對你開槍的可是狙擊冠軍，子彈也塗上了急救的藥品，畢竟你是最接近預言師的人，就這樣讓你死的話，可就太浪費了。」

「就只是怕浪費嗎……」賴文雄嘆了口氣，但很快打起精神：「那至少，我能知道預言師究竟長什麼樣子嗎？」

「當然，我們這裡每個人都有他的相片。」馬紗綾從皮夾中掏出一張相片。

「謝謝。」賴文雄接過相片，卻瞬間向觸電般扔下了相片，接著他有些吃驚地看向馬紗綾，然後又低下頭，看向地上的相片：「怎麼會？」

「預言師其實是女的，你沒猜到吧？」馬紗綾眨眨眼：「她用的是變聲軟體，她要成為任何人都可以，想要變成一隻青蛙也行。」

「這不是問題。」賴文雄搖搖頭。

「那是什麼問題？」

「真的沒弄錯嗎？」賴文雄撿起相片問。

「沒弄錯。」馬紗綾肯定地回答，並又眨了眨眼。

「相片上的人，」賴文雄舉起相片，對上了馬紗綾的臉，兩張臉幾乎一模一樣：「這真的不是妳嗎？」

馬紗綾聽了只是靜靜望著他，笑而不語。

尾聲
開始即結束

你走進志輝創投所在的雄偉建築。

這已經是最後一次機會了，所以你顯得有些緊張。而且這個最後一次的機會，偏偏又是最渺茫的，據說志輝創投會看其他金融公司的錄取名單，如果名字沒在任何一家公司的名單上，就一點機會都沒有。

而你正是搞砸了所有的面試，才來這裡祈求最後的一點奇蹟。

你從來不相信奇蹟，一直以來就弄不懂，為什麼人們看到上帝關了一扇門，就會期待祂去打開一扇窗，那祂關門又是為了什麼？不過是幾次恰巧忘了順手把窗關上，才會被幾個得了便宜的人拿出來說嘴。

你從不相信奇蹟，但這次不相信也沒用了，因為除此之外一無所有。

你伸手探入公事包，那張紙確實還在。你想起了那通莫名其妙的電話，雖然不怎麼相信，但那傢伙說的話就是那麼不容置疑，而且還有之前發生的那件事，如果是惡作劇，應該也不會調查得那麼仔細吧！

你想起了那部老電影「王牌天神」，男主角成天抱怨著上帝，某一天上帝出現在他面前，要他暫時代理上帝的職位，接著就發生了一連串瘋狂的事情。

會像那樣嗎？你想著，難道你那天的喃喃自語召喚了奇蹟。

如果這世界上有神，請祢現在現身。

你想調報案紀錄，但是因為案件早結案了，警察對你愛理不理。不過也不可能有其他人了，根本沒人知道那幾個人闖進了家裡，就算看到了，也該早點報案，而不是等你進門後，脖子都被捆實了才叫警察來。

對了，為什麼那傢伙不早點報案，如果他是自己宣稱的那種人？

聽那輕佻的語氣，如果對方是神，也會是那種最討人厭的神吧！

你坐著電梯來到面試會場所在的樓層，向工作人員報到後，便坐在會議室外的長椅上等著，你又把手伸進公事包，確定那張紙還在後，開始在內心練習待會要說出口的話。

這裡有十家公司明天中午收盤的股價，如果正確無誤了，就請錄用我吧！

不行，這樣聽來太囂張了。

如果可以的話……

也不對，這樣聽來又太懦弱，搞不好主考官會笑著把紙條丟進垃圾桶。

該怎麼辦呢？還是相信那傢伙吧！就用第一種說法。你不安地搓著大腿，不確定在進場前還要改變幾次心意，說不定進場後，又有完全不一樣的想法，你不由得想起了薛丁格的貓，在開門走出來之前，什麼都不可能知道。

又經過好幾場天人交戰後，工作人員終於喊了你的名字。

進場前，你深吸了一口氣，無論如何都要做個決定。

你最終一定會交出那張紙條，我非常確定。從現在開始的未來，或者在這更早之前，一切都已經註定好，我非常確定，你最終會做出那個選擇，那個選擇之後又是更多選擇。既然一切命中註定，就不會有其他結局。

而且，我們一定會再見面的，我很確定。

後記
誰能掌控預言師？

很高興你看到了這裡，希望你不是中途跳來這裡的，因為我想跟你聊聊故事的結局。

在故事開始之前，你心中肯定會有一個疑問：已經有這麼多預言師的故事了，為什麼還需要一本同類型的故事？我不確定你在讀完全書之後是否找到答案了，但是我內心深處的一個答案，或許和你翻開這本書的原因相同。

那就是我愛死預言師了。

不是那種似是而非的曖昧預言，也不是透過心理暗示自我實現的那種預言。而是那種最純粹的，「我就是已經看到了」的那種預言。那種無視一切的逼人氣勢，那種一覽無遺的全知。

可是幾乎沒有一個故事展示這樣的絕對力量，每個故事或多或少都會給預言師加上一些限制。因為如果毫無受限的話，預言師幾乎可以說是無法被擊倒的存在，故事也就不有趣了。

不過這反倒產生一個有趣的問題：預言師掌控了其他人的命運，那誰能掌控預言師的命運？

這裡說的，是一個毫無受限的預言師，一個貨真價實的預言師。不僅能提前避開任何威脅，還能隨意決定他人的命運。

一個神。

「要說誰能戰勝預言師，可能也只有耶穌的勝算大一些。」

只有一個神能戰勝另一個神，孫德普很快就看透了這個關鍵。而這樣的理論在故事最後得到證實，因為透過馬紗綾之口，我們知道這正是「第一代」預言師的最終結局。

「我們花了很大的力氣，才終於戰勝了他。」

「戰勝了他？怎麼做到的？」

「我們讓他有了信仰。」

信仰，正是這個故事的主軸。

信仰，也是我目前為止貫穿所有作品的主題。《伊卡洛斯的罪刑》談的是父輩所給的信仰，《棄子》談的是對生存和善良的信仰，《沒有神的國度》談的是對正義的信仰。在每個故事的最後，都出現了一個反諷的結局，本作也不例外。

在這個故事中最諷刺的，莫過於預言師的起源，來自防範預言師的「黃道十二宮計畫」。儘管這個計畫聽來理直氣壯，但是對於那十二具被冰凍的軀體，被當成工具一般對待，徹底喪失了身為人的尊嚴，也就莫怪之後的反噬。

這部作品，原定是三部曲的第一部。第二部會是講述預言師起源的《預言師悖論》，第三部則是講最終結局的《再見，預言師》。不過最後考慮到現實層面，把後兩部作品的一些素材提到了這一部，便成了單本完結的小說。

不過誰知道呢？或許第二本和第三本還是有機會呈現到讀者面前。

在這之前，馬紗綾就會一直停留在結尾的那一刻，繼續笑而不語。

楓雨　二〇二一年十月

要推理95　PG2652

要有光 FIAT LUX　我所不存在的未來

作　　者	楓　雨
責任編輯	喬齊安
圖文排版	陳彥妏
封面設計	劉肇昇

出版策劃	要有光
發 行 人	宋政坤
法律顧問	毛國樑　律師
印製發行	秀威資訊科技股份有限公司 114台北市內湖區瑞光路76巷65號1樓 電話：+886-2-2796-3638　傳真：+886-2-2796-1377 http://www.showwe.com.tw
劃撥帳號	19563868　戶名：秀威資訊科技股份有限公司 讀者服務信箱：service@showwe.com.tw
展售門市	國家書店（松江門市） 104台北市中山區松江路209號1樓 電話：+886-2-2518-0207　傳真：+886-2-2518-0778
網路訂購	秀威網路書店：https://store.showwe.tw 國家網路書店：https://www.govbooks.com.tw
總 經 銷	聯合發行股份有限公司 231新北市新店區寶橋路235巷6弄6號4F 電話：+886-2-2917-8022　傳真：+886-2-2915-6275

出版日期	2021年12月　BOD一版 2023年4月　BOD二版
定　　價	260元

Printed in Taiwan

讀者回函卡

國家圖書館出版品預行編目

我所不存在的未來/楓雨著. -- 一版. -- 臺北市：
要有光, 2021.12
面； 公分. -- (要推理 ; 95)
BOD版
ISBN 978-626-7058-09-1(平裝)

863.57 110018686